目
录

能
师
之
妻

（第一话 · 筱）

一

　　昭和¹四×年，东京都中央区银座六丁目的施工现场发现了人的右大腿骨及胫骨，由于人骨上可以看出人为切断的痕迹，以及被推断为将近百年前的遗骨，一时间成为媒体报道的话题。发现的场所临近堪称日本第一繁华街的银座大街，这一点也增加了它的娱乐性。发现地在银座大街再往里一点，白天车辆的声音很遥远，甚至颇有寂静之感，但一入夜，这里举头便能看到四丁目十字路口现代的霓虹灯。

　　发现人骨是拆除停车场、兴建商务旅馆的工程开始不久的事。推土机从地下将近一米深的地方，挖出了长度不足六十厘米的右腿

1　日本年号，1926—1989。

骨。毕竟已经过近百年的岁月侵蚀，一切已无从准确判断，根据大致的推定，右腿骨的主人是一个二十岁左右的青年。

从报纸上看到这则报道时，我便隐隐有些在意，半月后又看到一本周刊时，我终于可以确信。周刊上刊载了一位名叫 K 的中年作家题为《银座近况》的简短随笔，大略讲述了对"二战"结束，刚刚开始复兴时期的银座的回忆，最后 K 如此写道：

> 前些日子发现似是明治[1]初期部分人骨的地方，对我来说也有深刻的记忆。我不知道停车场是什么时候建的，战后伊始，那一带是广阔的空地，空地中央种了一株樱花树，就好像演戏的小道具。那樱花树可能是垂樱，纤细的枝条一直披拂到地面，冬日凋零时，与银座的名产柳树几无区别。春天来临时，纤细的枝条就如同穿起珍珠的线般，穿起雪白的樱花。在我看惯了焦土的眼中，樱花的颜色是那么耀眼。之后数年，一说起赏花，对我来说就是赏那株樱花。樱花自然很美，而春光洒满空地，仿佛铺了一层白沙，花影摇曳的景象同样美不胜收，至今想起仍不禁叹息。
>
> 由于前些日子的人骨事件，我久违地重访了那片空地。

1　日本年号，1868—1912。

櫻花树已无迹可寻，周边已现代化到几乎认不出了。但我追寻了一下模糊的记忆，发现挖出白骨的地点确实就是种着那株樱花树的地方。有传说称，櫻花树根下埋着尸体，那株樱花树下也埋着一小片人命。这样说来，我记得那樱花花蕾般红如血，花开时却雪白到如有洁癖。当时我也曾抱有一种印象，觉得那仿佛是人生命将终时的鲜血，在花开时升华成一片雪白。

读了这篇随笔，我想，埋在樱花树下的那腿骨，或许就是明治二十二年（1889）以离奇的方式被杀的年轻能乐[1]师藤生贡。

然而，藤生贡这个名字也好，藤生流这一流派也好，都没有载入能乐的正史。只有大东亚战争爆发那年故世的鹰场伯爵在他的回忆录里提过寥寥数语，说他年轻时（明治初期）曾支援过藤生贡之父，名为藤生信雅的能乐师，以及明治二十二年（1889），在鹰场伯爵结束五年欧洲生活归国的贺宴上，贡继承前一年去世的父亲的遗志，演出了《井筒》。

因此，以下是我依靠少量文献得出的想象。藤生流似乎原本属于金刚流或喜多流[2]，于德川时代中期独立出来，离开江户，在近江

---

1 日本传统艺术形式之一，一种综合的表演艺术形式，包括"能"与"狂言"两项。
2 能乐主要有观世、金春、宝生、金刚、喜多五大流派。

附近建立了独立的流派。一直到这次的战争开始，滋贺县的一角还确实留有藤生流残存的记录。

贡的父亲信雅究竟是藤生流的直系，还是分支的末裔，无从得知。这个暂且不提，信雅其人于明治维新前后，三十五六岁时来到东京，意图在崭新的时代洪流中点燃崭新的能乐之灯。说到新时代，那正是明治维新之后不久，能乐步上衰微之途，濒临灭亡危机的时期。观世流由于对德川家的忠心而隐退至静冈，能乐世家大多离散。在这能乐历史上的黑暗时期，只身来到东京的藤生信雅心中所存的，是将能乐之灯守护到底的决心，还是趁这个机会，让长期在五大流派的阴影下默默无闻的藤生流在世人面前崭露头角的野心，无从定论。但来到东京后信雅的艰苦则不难想象，他似乎是联合了已经停业的春藤流等二、三分支，与河滩乞食[1]无异地在神社院内或空地上坚持上演能乐。

但幸运的是，鹰场伯爵注意到了他。鹰场伯爵此人因明治维新之际的秘密活动受到赏识，虽然身份不甚高贵，却被授予三等爵位称号，之后终明治之世，他也一直暗中支持政府的一切举措。可能是这样的境遇令他对一个默默无闻的能乐流派产生共鸣，抑或信雅

---

1 对歌舞伎演员的贬称，因早期歌舞伎多在京都四条河原演出，被视为形同乞丐的卑贱之业。

自己也才艺卓绝，毕生独身、唯一爱好就是能乐的鹰场伯爵开始给予藤生信雅相当的援助。

明治十年（1877）左右，藤生信雅获得小川町原德川藩主的一所宽敞宅邸，邸内有一座小型能乐堂，生活也安定下来。他是属于被伯爵蓄养的情况，还是对外也很活跃，这一点也已无从知晓。总之，明治十年（1877）到明治十五年（1882）是藤生流的鼎盛时期，殆无疑问。然而，这朵能乐之花[1] 只短暂开放了数年。

明治十七年（1884），鹰场伯爵决定出洋，信雅与伯爵约定，在伯爵五年后归国的贺宴上，将为伯爵演出他钟爱的曲目《井筒》。然而在伯爵离开日本的同时，好运仿佛也悄然溜走，之后信雅迭遭不幸。先是家中失火，宅邸内木理犹新的能舞台烧了一半。因为这起火灾，嫡子信秀神经受创，两年后发疯死去。翌年妻子纪世也追随其后病故。信雅本人因火灾腿骨受伤，渐致起卧亦不能自理。雪上加霜的是，心脏功能也逐渐恶化，伯爵归国前一年，终于卧床不起。

讽刺的是，恰恰从这时开始，社会上能乐的复兴征兆日益鲜明。逆能乐的历史在黑暗中开放的花儿，亦将逆时代的趋势而凋落。信雅最后的依靠是年方十五岁的次子贡。贡自幼即显露出不凡

---

1 能乐大师世阿弥著有能乐理论著作《风姿花传》，以花喻能乐艺术，故文中多处以花为喻。

的能乐才华，当时已习得比亡兄信秀更扎实的技艺。信雅必定希望将还很年少的贡教授到足以演出《井筒》的程度。《井筒》是名曲，也是唯一连信雅自己也未能穷其秘奥的难曲。要还不到年岁的贡演出《井筒》，几近天方夜谭，但信雅想将好不容易通过自己的手绽放的能乐之花留存到后世的愿望，已化为他生命末期的焦躁和纠缠的执念，他强撑病体，勤勉地指导贡学习能乐。

信雅终究于明治二十一年（1888）年底去世。但或许是一念动天，一年后的秋天，按照当初的约定，贡在鹰场宅邸举行的归国贺宴上出色地演出了《井筒》。当时在庭院内设置了临时舞台，清冽的晚风中，枫叶如点点绯色水滴飘落，看到贡于其间舞蹈的身影，鹰场伯爵评价说"此景非尘世所能有"，并给予了最大的赞赏："虽然技艺尚有生硬青涩之处，但信雅散下的能乐之花，无疑已由年少的贡传承下来。"倘若如此发展下去，藤生流很可能在近代能乐史上占得一席之地，但藤生信雅就如字面所示，不惜生命要守护到底的能乐之花，只在贺宴之夜刹那盛开，不久就以意想不到的方式被碾碎了。

贡于贺宴之夜后的第三天失踪，约十天后人们才发现了他的尸体。

也许是不忍提及这位年轻能乐师突如其来的死亡，鹰场伯爵的回忆录里丝毫没有记述当时报刊对这轰动一时的事件的反应，只写了贺宴上演出成功的愉悦，贡能将技艺发挥到如此程度的背后，有名为深泽筱的女子的助力，以及对那女子的盛赞。由鹰场伯爵的回忆录完全无法得知深泽筱的身世，但提到深泽，有一个在明治初期能乐衰退期断绝的同名能乐分支，或许她就是那一流派的末裔。不管怎样，她似乎对仕舞[1]和谣曲[2]颇有心得。根据回忆录寥寥的记述，她在信雅去世前不久以正妻的身份嫁入藤生家，作为贡的继母在其后将近一年的时间里担负起对贡的指导之责。

深泽筱和藤生贡的名字之所以流传到后世，与其说是缘于能乐史，毋宁说是缘于犯罪史。

深泽筱当时三十六岁，与殁年五十四岁的藤生信雅相差十八岁，与贡也有二十岁的年龄差距。如果以现代的感觉而言，这位继母也可说尚属年轻。她在堪称贡初次登台的重要演出成功后第三天，将贡——也就是想象中面容还带着少年稚气的十六岁继子杀害，并肢解了他的尸体，埋在附近的樱花树根下。用今天的话来说就是杀人分尸事件，在当时的社会背景下，似乎相当轰动。

尽管当时的报纸夸大其词的报道不足采信，但事件仍留下了几份可靠的记录。综合那几份记录，事件的经过如下——

---

1 能乐中不用化妆，不带伴奏的主角单人舞蹈。
2 能乐的脚本，包括对白和歌词，亦指能乐的唱念部分。

贡于伯爵宅邸的贺宴过后第三天失踪。有一个在信雅死后未几进入藤生家，名唤多加的年轻下女看到贡半夜伫立在庭院里，那是他最后一次被人看到。

藤生家的庭院里，直到事件发生前数月一直种着一株高逾土墙的樱花树（记录里丝毫未述及樱花树的种类，但这将整个事件如花吹雪般吹拂而去的樱花树，后来不知为何，令我联想到一种叫作"江户彼岸"的樱花，那种樱花花瓣纤细单薄，带着少许寂寞之感）。事件发生那年春天，藤生家失了火，因火势不大，家里未受损失，但樱花树在这场火灾中被焚，烧焦的残骸埋在了土里。据说贡就伫立在土刚被翻动过的地方，戴着能面[1]的脸仰望上空，宛若在沐浴月光之露。

贡那时也戴着能面的原因，与明治维新后不久发生的一起事件十分相似，带着传说的色彩，但应该是事实。据说贡因春天的火灾，半边脸被烧伤，他羞于以溃烂的面目示人，在人前一直戴着能面。在藤生家的没落上，火起到了重要的作用。那场火灾之后，贡的性格日益阴郁，用类似弱法师的闭目能面隐藏起自己的全部感情。

次日早上，贡不见了踪影，但筱并未显出忧色，给了多加三天

---

1 能乐表演时戴的面具。

假，说是让她回家。筱应该是在这期间将贡的尸体切割处理掉了。

五天后，当时的警署收到一封从外面投进来的信，信上写明要警察去挖位于小川町外某处神社内的樱花树根。警察去挖了一下，从土里挖出一只白净的手腕。翌日，又从附近的樱花树根下偶然发现了半边躯干。之后数日间，在市民的协助下，除了一只手腕和一条腿，其他大部分都从小川町附近的樱花树根下挖出来了。余下那只手腕和腿此后好像一直没有发现。最后警方又收到一封信，据此从衣悬桥畔的樱花树下找到了贡的头。埋在土中的头戴着能面，正当变红时节的樱花树叶宛如殷红的鲜血，飘落在从黑暗的地下剥出的雪白能面上——报纸如是记述。

能面下现出的那张脸，一半覆着像要融入地下黑暗中的疤痕，另一半则白净得与能面难分难辨，由此判定必是藤生贡无疑。报纸称检视这颗头颅时，筱非但神色丝毫不变，唇边更浮着毫无顾忌的笑意，但这是判定筱为凶手后的记述，不足为凭。这个暂且不谈，之后又过了三天，也即十月最后一天时，出现了数名证人，做证说在发现贡的胸部和一只手腕的地方见到看似深泽筱的女子在挖土，由此断定凶案是深泽筱所为。

办案官员在贡的葬礼当天踏进了藤生家。可能因为出殡时间迫近，而且七零八落纳进棺材里的尸骸也令人毛骨悚然，葬仪社的人抓紧钉着钉子，多加则抱着棺材号哭。多加一再向办案官员恳求，说请等到夫人回来。官员询问情况时，她说从昨夜开始就没见过筱的影子了。不只如此，多加还说，筱是从贡最后伫立的地方，也就是庭院里埋有樱花树残骸的所在地消失的。昨天晚上安排完葬礼事宜后，筱在窄廊上坐着不动，俯视了许久月光映照下的庭院。多加走过去时，她忽然自言自语般喃喃说"贡在呼唤我"，穿着短布袜就走向庭院，像被什么附身了似的一直走到埋有樱花树的所在。筱的背影与贡那时同样浸在苍白的月光中，静立片刻后，不久，唰的一下融入了月光中，消失了踪影。之后只余下那片土地。

多加慌忙叫来几个客人，从庭院到邸内到处寻找，但各处都没有筱的踪影。正门和玄关门口也有几个吊唁的客人在，木制的后门也依然从内侧上着门闩，毫无有人外出过的迹象。

当时报纸的报道夸张得宛如怪谈奇闻。与其说是多加这样讲述，不如说更可能是报纸的创作。报纸把筱当作了稀世的恶女。我想即使真的发生了类似的事情，作为一个擅长仕舞的女子，一定能身轻如燕地越过土墙逃走。

据说在里屋找到了一封遗书，上面写道："是我杀害了贡少爷。我将从这个世界上消失，追寻我的去向也是徒劳无益。希望把贡少爷的骨灰撒在我消失的樱花树根下。"我觉得这也是报纸过分渲染的说法，不可轻信。但留有承认杀人的书信则在警方相关的记录上也有记载，不妨认作事实。

葬礼前夜失踪的深泽筱此后不知是在某处自杀，还是一直逍遥法外，得终天年，但总之，她未被捕获，就此行踪不明而终。

有关深泽筱的身世，也已无法正确判明。似乎有种种臆测流传，其中足以相信的，大概是这样一种说法：深泽筱住在属于贫民区的千贺町的一间杂院里，离藤生家所在的小川町约一里远，近十年来一直是信雅的妾侍身份。据说信雅之妻纪世生下贡后，身体一直很弱，那段时期信雅又受伯爵荫庇，颇有钱财，正是最富有的时期，故而完全有可能纳妾。

根据多加其后的证言，筱借口练习能乐，一直虐待正妻之子、与自己没有血缘关系的贡，甚至到了流血的程度。这一事实披露后，世人将筱视为苛待继子的残酷女人，将事件本身也视为由此发生的猎奇事件而遗忘了。

但报纸上印出的筱的画像却与恶女这一形象相去甚远。我不认为画像如实展现了筱的容貌，虽然描绘的眼神里潜藏着刀锋般残忍的光芒，但秀气的鼻子和小巧的嘴却留有少女的影子。

二

深泽筱走进藤生信雅位于小川町的家，是在明治二十一年

（1888）年末，年关将近，东京的街道开始下霜之际。那日午后信雅派人来传过话，要她收拾随身物品，火速前往。

筱很快就知道信雅为何召唤自己。她从来人口中得知，信雅当天早上第三次发病倒下了。一个月前第一次发作不久，筱收到信雅的一封亲笔信，信上说："我恐怕已余日无多。万一病势转危，我会再次派人过来。你提前料理好身边的杂事，届时只身前来。"信可能是在病床上写的，字迹虚弱颤抖，让人几乎不敢相信，写信的人五年前还曾豪迈地演出《船弁庆》。尽管如此，他依然坚持亲笔写下这封信，筱由此感受到了这个死亡近在眼前的人的坚定决心。坐在窄廊上读信时，一枚枯叶在阳光下飘然而落。筱有种清晰的预感，信雅大概撑不过今年了。奇异的是，她并没有悲伤的感觉。

从那天起，筱便依言着手变卖家具，随时准备只身前往藤生家。在这僻处千贺町一角，细长屋顶连绵成排的杂院里，所谓家具，也没什么像样的东西，触目所见，无一不蒙着十年的污垢。筱避开邻人的耳目，入夜后悄悄在后院将其中大半付之一炬。和服、饰物这些随身物品倒有几件值钱的，但多半是信雅妻子前年过世时送给她的遗物。她只变卖了少部分留作过年的用度，余下的都送给了杂院的主妇们，反正自己从来也不曾上身过。十年来，杂院的主妇们从未跟这个为人做妾、来路不明的女子打过招呼，此后却登时变得笑容可掬起来。筱对她们谎称自己近日准备回静冈老家。

信雅第二次派人来时，筱的家中已四壁萧然，手头仅有的一点钱也快花光了。

筱先用抹布将榻榻米细细擦拭到纤尘不染，再前往澡堂，如同进行祓禊仪式般，仔细洗净每一缕发丝，最后请梳头师傅梳成丸髻[1]。回到空荡荡的家里，筱坐在仅存的榻榻米上，心情分外宁静。在她的心里，也已如这房间一般，舍弃了一切，空虚而冰冷。只有一道白光在眼前无边无垠地延伸开去，宛如利刃插胸濒死之际看到的景象。

事实上，她的将来，恐怕只有死亡一途。

然而，即便等待着她的是死亡，她也必须前往藤生家。这不仅是信雅的重托，更是两年前信雅妻子病倒时，筱对自己立下的坚定决心。这份决心如今束缚着她的身体，连她的心情也为之冻结。

不知静静地坐了多久，当腊月的夕阳早早地照上榻榻米时，筱终于站起身，来到房间的角落。那里除了卧具，只余一个描金漆盒，筱从盒子里取出舞扇和能面。扇子上绘着红色的水波，吹动了松间的云霭，吹落满地樱花雨。这把舞扇和若女能面都是筱十八岁那年去世的父亲孙平的遗物。深泽家原本是金刚流的一个分支，明治维新后，一直依靠德川家支持的能乐界随之没落，年老的孙平和

---

1 江户、明治时代已婚妇女所梳的发型。

其他能乐艺人一样，开始半路经商。孙平唯一的担忧，就是能乐会彻底消亡。他是在明治维新第四年去世的。

孙平还有另一重心事，就是深泽家血脉的断绝。说来也是不可思议，孙平迟迟没有子女。虽然他在正妻之外，还养了几个女人，希冀她们能为自己生下一男半女，可是谁也不曾成功。筱是他晚年的意外之喜。这个最初也是最后的孩子，偏偏是个女儿，至此孙平终于死了心。他把筱当男孩一样看待，严格训练她的能乐技艺。

"待你长大了，定要生个男孩，让他继承深泽家的血脉。"筱从小便听惯父亲这宛如咒语般的念叨。直到弥留之际，父亲依然切切嘱托："能乐之花终有一日会复兴。你务必要勤加练习，等待那一天的到来——然后生个男孩，继承我们深泽家的血脉。"

然而父亲的遗愿未能实现。孙平死后，筱嫁入没落的能乐世家，婆婆不断责问她是不是不能生育，五年后更以她一直没生孩子为由，将她逐出家门。但筱心里有数，真正的原因，是她拥有远胜丈夫的能乐才华。

与信雅相识，是在离婚三年后，筱正为一介弱女子如何在乱世生存忧心之际。不知信雅是从何处得知消息，一日遣人送来一封信，信上言道：少时曾观令尊的能乐演出，感动莫名。闻君以女流之身，尽得令尊真传，深愿一睹为快。

筱没听说过藤生流这个流派，但依言前往餐馆，为他舞了一曲。当时信雅只是若有所思地喝了一杯又一杯，并无一句称许。然而时隔不久，便有另一名男子登门，以她的技巧还大有雕琢余地为由，问她是否愿做信雅的外室。筱当然明白一个女子给人做妾意味着什么，但还是毫不犹豫地答应下来。

事实上，搬来这栋杂院后，信雅每次来访，依然会命筱舞上一曲。目不转睛地凝视着她的舞姿时，也总是发出和她父亲同样的叹息："你若是男儿身就好了。"这看似是信雅难以取悦之处，在筱反而觉得可喜。信雅很像她儿时的父亲，面容冷峻、体格坚实，却又有种丰润感，透出能乐艺人特有的韵味。这时的筱还没有放弃父亲的遗愿，若能和信雅生个儿子，那就再完美不过了。然而，十年过去，好梦难圆。十年来，纵然拥有胜过男儿的出色才华，筱却只是一个遭人嗤笑的卑微小妾而已。

筱执起舞扇，戴上能面，在榻榻米上悄然起舞。

遗物存念实难舍，抚衣顿觉行平归……[1]

扇子在空中激烈地挥舞，有如要挥去十年的岁月，挥尽最后一

---

1 出自观阿弥创作的经典能乐剧目《松风》，描写平安时代著名歌人在原行平与渔家女的情事。

滴体内流淌的深泽的血。筱全神贯注在执扇的指尖，不停地舞着，直到杂念尽去，眼前所见唯有一片黑暗。浑然忘我——忘掉技巧，才是最美妙的技巧。筱谨遵父亲的教诲，迄今为止，不知像这样凝视着黑暗舞了多少回。

摘下能面时，暮色已沉落在榻榻米深处。筱来到庭院，扫起落叶，生了一蓬火，将舞扇和能面投入火中。能面的彩漆瞬间在烈焰中剥落，看上去恰似一张脸迅速发皱收缩，溃烂不复成形。很快，火焰便延烧到彩漆下露出的木纹。看着能面被火焰吞没，筱觉得残留在能面上的父亲的血也流淌而去。随后她脱下身穿的木棉和服，同样抛进火中。

筱打开壁橱，取出一件重叠手鼓图案的淡紫色和服。前年信雅正妻纪世亡故前，送了她几件和服作为遗念，这件正是其中之一。纪世比她年长许多，和服也是清一色的朴素色调，与肌肤光润、面容还带点稚气的筱并不相称。纪世以如此朴素的和服相赠，大概是希望筱在自己死后，代替自己继续守护藤生家吧。可是筱一想到自己未来的漫长时光，都将被纪世和服的颜色所束缚，便觉得无法忍受。这些和服一直在箱笼中沉睡，半个月来已变卖殆尽，只留下这件淡紫色的和服。

初次上身的和服，散发着淡淡的霉味，想必是太久没通风的缘故。然而在筱的感觉，却是从未晤面的正妻的气息扑面而来。但此时无香可焚。筱不经意地向庭院一瞥，发现升腾而起的暮霭当中，有小粒的影子簌簌而落。这时节，桂花似乎还在开。筱束紧和服腰带，走下庭院，暮霭中隐约飘来桂花的香气。她伸手折下一枝，在身上轻轻敲击，花屑连同香气在和服上四散，最后零落委地。这个冬天的最后一缕花香虽然浅淡，毕竟替她逐走了纪世的气息。筱拾起掉落在榻榻米上的花屑，纳入袖中，在花香的包围下离开了家门。

　　去往小川町约一里远的路上，筱缓步前行。成为信雅妾侍之初，只要信雅足迹稍疏，她就会不顾一切地沿着这条路冲到小川町，悄无声息地藏身在信雅宅邸的白色土墙下，凝视着宅邸内透出的灯光，一直伫立到深夜。当时的信雅正当盛时，家中也是灯火粲然，平静祥和。筱知道自己死死盯着灯光的双眼狞厉如夜叉，可是依然无法移开视线。直到双腿酸痛难支，才终于死心，拖着沉重的脚步回家。在那种时候，只有腿脚的疼痛，才能让她放弃信雅，认命接受自己见不得光的身份。

　　不过，从今往后，她再不会走这条路了——

　　如同要抹去十年的岁月般，筱踏着自己投在道路前方的影子，脚步沉稳而坚定。

　　到了小川町，周遭已暗了下来，但西边天空还有一片晚霞冲破黑暗。晚霞当中，浮着一块石头形状的黑云，薄如纸糊一般。一天最后的余晖，闪出几道细细的光芒，撕裂了石头云。

筱在门前停下脚步，窥探了一会儿土墙内静寂的宅邸。

这是她第一次准备走进这道门。多病的纪世不仅承认筱的妾侍身份，更曾亲笔写信邀她来访。听闻纪世心地善良，想来当会对她笑脸相迎。然而筱早已告诫自己，只要纪世在世一日，就一步也不踏进此门。虽然这样做有些对不起纪世，但筱的自尊心绝不容许她在这个家中受辱。

坚守了十年的界限，今日终于成为过去。然而筱却意兴索然，在幽微的木屐声中悄然而入。

玄关处一片黑暗。屏风上的松树已褪了颜色，看来宛如枯枝。幽暗的光线中，筱仿佛嗅到了正妻的尸臭，忍不住挥了挥衣袖。桂花的芬芳驱走了黑暗，转眼飘向前方。那里现出一条人影，似乎站在玄关通向的窄廊上，旋即消失在里头。看样子是贡。八年前，筱在街上见过他一面，人影比那时的贡长大了许多，简直判若两人了。

"有人在吗？"

面对门内的静寂，筱以凛冽的声音问道。声音在无尽的黑暗中久久回响，终于出来了一个白发的年老下女。她曾数次奉纪世之命，前往千贺町，所以筱跟她很熟。她名唤真木，信雅举家迁来东京以前，她就在照顾纪世和孩子们了。真木瞥了一眼这个昂然登门的年轻妾侍，眼神中半是轻蔑、半是怜悯，但她似乎明白筱的来意，一语不发地将她引到内室。

纸拉门的木框割裂了清瘦的影子，信雅就躺在里边。也许是辨出了筱的足音，他微微睁开眼，却已无力转头望向筱，只点了点头。

"遵您的嘱咐，我已只身前来府上。"

筱恭敬地双手合掌，在信雅的枕边垂下头。信雅的脸比一个月前又瘦了一圈，下巴看上去就是皮包着骨头。筱几乎认不出这个骨瘦如柴的男人了。

望着信雅黝黑的眼圈，筱知道，他已命不久矣。

"你是舍弃一切来的吗？"信雅布满皱纹的喉咙费力地抽动着，几不成声地问。

"是。"筱答道。然后小声加了一句："深泽的血也——"

这句话似乎已传不到信雅耳中，但仰望着天花板的他，依然心满意足地连连点头。眼睑的皱纹黏得他双眼只能半开着，但已开始濒死混浊的眼里，却有着明白了一切的安详。信雅静静地闭上了眼睛。

纸拉门在这时透出亮光，筱望向庭院。平时就枯草丛生的幽暗庭院里，暮霭沉沉。四年前烧掉一半的能舞台，仿佛掩没在枯草中一般，犹带煤烟味的残骸兀自暴露。放眼望去，满目荒凉，令人难以想象这里是町内。从筱视线所不及的空中，一道光破开夜色，正照在那片荒凉当中。那道洒落之际分外耀眼的光，如利锥般刺进能舞台劫后仅存的木板上。就是这道光，筱暗想。今后自己哪怕豁出性命，也要在这栋形同荒寺的宅邸里守护同样的一道光。

宛如幻影一般，那道光转瞬消逝，庭院重归黑暗和静寂。筱依然一动不动地定定望着夜色，仿佛仍在凝视着那道光。

婚礼在当晚举行。

说是婚礼，其实卧病的信雅已无力起床，参加者也只有贡和老下女真木。筱和信雅两人共饮了真木奉上的交杯酒。

尽管有筱帮忙，信雅还是无法下咽，酒都从歪斜的嘴角淌了出来。筱则将自己的那杯一饮而尽。

灯影下，目光低垂的贡吟唱了谣曲《高砂》[1]。歌声和鼓声，回响在无边无际的空旷夜色里，是这场婚礼唯一的喜庆色彩。

后来信雅口唇微动，似乎想说什么，筱急忙凑近倾听。旁边的真木脸色为之一变。极力想听清信雅几不可闻语声的筱，并未发觉自己这种俯身靠向信雅的姿态，看在真木眼里，活脱脱便是将要吸

---

1 能乐大师世阿弥根据高砂松与住吉松结为夫妇的传说创作的能乐名剧，常用以祝福新婚夫妇。

走垂死之人最后一缕生气的死神。

信雅想说的，大抵是"一切拜托了"。

本以为信雅撑不过当晚，但他奄奄将尽的气息却如细线般弱而不绝，直到十天后，那条线才悄然而断，信雅静静辞世。他本就客居异乡，唯一的支持者鹰场伯爵也在出洋途中，葬礼上并无引人注目的贵客。不过筱以正妻的身份接待了寥寥的吊唁者，出殡之际，也是筱第一个将钉子钉进棺盖。葬礼当天，黄昏时分下起了雨。送葬的队伍在暮色迟迟中冒雨前进，筱疾步来到走在前头的贡身后，像亲生母亲一样用自己的伞遮住他，并代替他向过往的行人低头致意。

做完头七的法事，筱第一件事就是辞退老下女真木。真木似乎从婚礼那晚就早有预感，当晚便收拾行李离去。

筱走进自己的房间，发现棉被已经铺好，看来是真木离开前铺的。令她纳罕的是，把被子推到一旁时，里面现出了一缕黑发。约五寸长的头发用纸扎束着，端正地放在被褥中央。筱曾听信雅说过，纪世是个秀发如云的女子，即使是临终之际，头发依然光亮照人，如波浪般从枕边披拂到榻榻米上。从这缕黑发上，至今仍能感受到一个女人生前生命的温度。这当然是一言不发离去的真木唯一的最后的报复，但筱浑若无事，随手丢到门外的水沟里。死去的纪世还能有什么作为——如今只有自己，才能守护这个荒凉破败的家里行将熄灭的微弱灯光。

插好门闩，点上烛台，筱穿过黑暗的走廊，步向贡的房间。贡住在庭院一角的泥灰墙仓库后面，因为紧靠仓库，屋前的窄廊显得很局促。纸拉门透出的朦胧灯光，映得仓库墙上的裂缝比白天更深了。筱打了声招呼走进去，正对着书桌看书的贡立刻转身面向她，恭敬地并膝端坐。这是筱第一次和贡近距离相对。以前有真木在旁，两人总是客客气气，贡也诚如信雅所说，寡默、温顺，在走廊上擦肩而过时，几乎感觉不到人的气息，如同影子般飘忽。贡的个头已超过筱，也遗传了父亲的体格，从外表来看，十足是个大人了。可是刘海下方，隐藏在眼睑后的双眸犹似尚未绽放的花蕾，鲜红的嘴唇也透着稚气。他才十五岁。

筱简单嘱咐了贡几句，要他今后把自己当成真正的母亲看待，从明天开始的训练会很严格，自己所说的每一句话，他都要当作亡父信雅的话来遵从。说完正要起身离去时，目光停在了贡的额头上。

筱两手捧起贡的下巴，像捧起人头似的，把他的脸转向灯下。贡垂着眼，任凭摆布。筱用指尖撩开他的刘海，前额还显得稚嫩的发际，赫然有一块栗子大小的疤痕。灯光映照下，宛如蒙了层轻纱般的透明肌肤，只有这个地方是发黑的。像一滴血滴落在内心深处，筱隐隐萌生出一丝怯意，但表面却不动声色，站起身来说了一句：

"你真是出落成大人了。"

正要走出房间时，筱忽然心中一动，问道：

"以前我们见过一次，你还记得吗？"

"记得。"

贡坦然点头，接着抬起脸来，像要目送她离开。那是张白皙的脸。与其说没有孩子特有的暗影，不如说更像是暗影沉在底下，浮起一层薄膜似的白。五官都被这种白吞没，连抬头望着筱的那双细长眼眸，也没有一丝色彩。

"是吗？"

筱若无其事地回答，关起纸拉门的手指却在颤抖。回到自己房间后，刚才贡的那张脸依然在心头萦绕不去。

和那时一模一样。

应该是八年前的事了吧。当时筱还很年轻，过不惯妾侍的生活，只要信雅踪迹稍疏，妒火便在胸中熊熊燃烧。杂院里的人也对她侧目而视。白天她坐不住，就在街上信步徘徊。那年盛夏的傍晚，筱衣着随便地蹲在衣悬桥畔，枝叶低垂到栏杆柱头宝珠形装饰的樱花树下，随手往河里投石子。恰在这时，真木牵着一个年纪幼小的孩子渡桥而来。那孩子年约七八岁，筱一眼就认出是信雅的次子贡。真木大概落下什么在买东西的地方，把贡独自留在桥中央，自己转身折回。

筱藏身在樱花树的绿叶深处。她不是怕被贡看到，而是不想看到贡。她曾听说，信雅次子贡长得酷似纪世，她害怕从贡的轮廓上看到他正妻的影子。叹了口气，筱继续从河堤上投石子。绿叶的微腥气息萦绕着她，夕阳沉落在河面，河水仿佛浮了一层鲜红的油脂，黏腻地流淌着。石子落处，一圈圈涟漪缓缓漾了开来。筱被眼前的情景所吸引，一时没发现贡不知何时已走下河堤，背对着自己站在正下方。他小小的脚站在河边，有些下垂的稚嫩肩膀一动不动，怔怔地望着不知从何而降的石子在河面上激起的涟漪。

筱担心一旦停手，贡就会回头看到自己，于是继续投石子。不料手一滑，一枚石子打在贡的肩上。

贡回过头。他的动作很迟钝，完全不像个孩子。听说贡从三岁就开始学习能乐，那的确是类似仕舞般重心落在下半身的动作。贡似乎立刻就发现了河堤上坐在绿叶深处的女子，他停下视线，诧异地望着筱。不，他并未感到诧异，空虚的眼神里不见丝毫喜怒哀乐，令人联想到盲人。筱本想别开目光，却又忍不住定睛细看他的脸。贡有着纤细的鼻梁、小巧的嘴唇，从他文静的脸上，筱看到了一个明知自己的妾侍身份，还从病床上送来和服衣料、发簪等物的女人的影子。筱的手不自觉地一动，拾起一枚石子。这回她瞄准贡的身子投了出去，石子正中他的胸口。再一次、再一次——筱持续做着同样的事。

不可思议的是，贡凝立不动。普通的孩子应该会哭着逃开才对，他却只是扬着没被渐浓的夕阳染红的白皙脸庞，凝视着筱。那沉默无言的眼神，仿佛视线只是偶然停驻。焦躁的筱手上加了力道，全力投出的石子如火箭般冲破暮色，不偏不倚地击中贡的身体。可是贡依然一动不动。不，他的脸越发苍白了。石子都在击中贡的刹那消失，那小小的身体似乎毫无痛楚地将飞来的石子无声吞没。筱不顾一切地振袖扬腕，射中的却是一个空虚的目标。不知不觉间她已将纪世忘到脑后，衣袖翻飞，投石如雨，一心只想逼得贡有所反应。

最后一枚石子正中贡的额头。咚地打在骨头上的声音，河堤上也清晰可闻。直到这时，贡的脸才微微一晃，手上的提灯也摇了摇，但很快又恢复常态。血从发际流过眼睛，那双眼眸里却了无痛楚之色。然而筱仿佛感受到了贡不愿流露的疼痛，脸庞都扭曲了。回过神时，紧握着石子的手已渗出鲜血，一缕乱发被汗水沾在唇端。筱感觉绿叶的草腥味从自己体内喷薄而出，逃也似的离开了现场。她知道自己的形象一定狰狞如鬼，但与其说耻于被纪世的儿子看到这副模样，不如说更多的还是对那张面对投来的石子毫无反应的小脸莫名的恐惧。

刚才贡的那张脸，和彼时一模一样。虽然五官已有了大人般的清晰轮廓，但那种无意接纳任何事物，不愿诉说片言只语，令人捉摸不透的白却依然如故。贡就是以这样的表情应了声"记得"。可是，他当真还记得那时的事吗？因为留下了明显的疤痕，他也许记得有人朝他投过石子，但筱觉得一个七八岁的孩子，不可能记得一个只邂逅一面，还是藏身在绿叶深处的女人的长相。贡回应说"记得"，应该只是不想令刚刚成为他母亲的自己不快，而当年在河边，他也一定只是太过害怕，才会茫然得连声音都发不出来——尽管这么想着，莫名的恐惧仍化为白色的火焰，在胸中燃烧不止。筱熄了灯，将心头的这股恐惧融化在黑暗中。

三

一个月转瞬即逝。因为在服丧期间，新年也不曾庆贺，筱立刻开始指导贡学习能乐。贡每天曙色未露即起，在严冬寒冷的铺地板房间里练习到半夜十二点，附近寺院的钟声响起才告结束。正月过后，筱从骏河远房亲戚家叫来一个比贡小一岁、名唤多加的少女，把家事悉数托付给她，自己全身心地投入贡的训练。

训练伊始，筱就吃了一惊。年仅十五岁的贡，已经掌握了无懈可击的技巧。不知是因为体内流着能乐师的血，还是信雅指授有方，他的运手、踏足已与信雅、筱不相上下，念白和唱腔也很出色。看到扇子静止之际，仍有摇曳生姿的感觉，仿佛系着一根看不见的线，筱不禁想起信雅昔日的风采。

可是无论外在多完美，倘若没有蕴含人的情感，就不足以称为能乐。同样令筱震惊的是，在贡秀逸的技巧背后，毫无灵魂可言。《井筒》是难度极高的曲目。秋日黄昏的废弃寺院中，女子的幽灵因对在原业平[1]的执着而发狂，最后化为恋慕的男子模样，对着井水映出的倒影追思伊人。要一个十五岁的少年揣摩女幽灵的心境，演出因对男子的思慕而难舍现世之情，实是勉为其难。可是今年秋天之前，筱必须将不可能变为可能。经过一个月的悉心指教，贡的技巧愈益精进，已经达到尽善尽美的程度，然而情感的欠缺却不减反增。

到了正月末，筱开始心焦。从训练的第一天开始，她就动辄加以叱责，只要贡动作稍有走形，白扇就朝其肩膀打下去。这时她的语气比以前更加严厉，手上的白扇也更不留情。贡对连日的训练没有一句怨言，遭到叱责时也总是唯诺称是，可是再来一遍时，却又丝毫不见改善。响彻整个房间的叱责声、重重落在贡身上的白扇，

---

1 在原业平（825—880），平安时代初期著名的和歌作者，六歌仙、三十六歌仙之一。

都一如河堤上投去的石子，毫无反应地被吞没。筱感觉陷在了无底的泥沼里，心头有股难以言喻的焦躁，每每不暇细思便出手教训。

筱也曾跟贡谈起父亲深泽孙平教自己学艺时的严格。孙平为了守护能乐师的血，曾将年幼的她绑在树上整整一晚，若她厌烦学艺，就会把她关在仓库里，两三天不许吃饭。

"在做女儿的看，父亲自然是不可原谅。但也正因为他的严格，我才学到了能乐的真正精髓。和那时的我比起来，你已经是个大人了。你要做个男子汉，绝对不可以叫苦。"

听筱如此说，贡依旧点头称是。但筱忍不住觉得，自己的声音只在贡面前空洞回响。而贡对连日的训练也从未有过怨言，她的话其实毫无意义。

贡从不叫苦，不是因为他意志坚强，而是他根本没有所谓的意志。无论如何呵斥，宛如空洞的身体都照单全收。筱想起信雅说过，纪世从来不曾和他顶过嘴。从贡的脸上，筱不时看到温顺的纪世的影子，呵斥声便越发严厉了。

时序进入阴历二月，一日下起了雪。深灰色的天空愈发阴沉，似乎白色都被地面吸收殆尽。雪整整下了一天。

那日筱命贡戴上能面，穿上唐织装束舞蹈。秋草花纹的唐织衬得身长玉立的贡气度不凡，筱只觉恍如信雅再世，不禁泪盈于睫。可是最重要的能面却毫无生气。这能面是信雅请名匠精制而成的，只是拿在手上观看，都会呈现出丰富多彩的表情，但戴在贡的脸上，却连基本的表情都丧失了，张开的嘴唇看来竟似痴呆一般。也许是这一缘故，连舞姿也显得比平常更稚拙。

序段的舞开始不久，筱就厉声怒斥，把贡打倒在地，用气得发抖的手剥下他的能面，现出一张和能面同样白皙——不，比能面更白皙、毫无阴影——的脸庞。这不是人的脸，没有一丝人的情感——筱内心的郁愤霎时间汹涌而出，忍不住破口大骂，又连头发一把抓住贡的后领，把他拖了过来。贡丝毫没有反抗。他的个头已经超过筱，身体却轻得像个孩子。筱把他从窄廊拖到雪下得纷纷扬扬的庭院中央，推倒在覆满白雪的地面上。贡两手撑住摇晃的身子，以跪地道歉的姿势蹲伏在筱脚边。

筱不住喘着粗气，全身的力气都化为怒火，直冲喉头。因为太过愤怒，她甚至说不出话来。赤裸的脚底阵阵刺痛，大概是被院子里的踏脚石划伤了，鲜红的血渗进皑皑白雪里。筱把无法倾泻的怒火灌注在脚下，用力踩住贡的手，然后狠狠踩压。

雪的表面漾着微光，仿佛有灯埋在土里。从天而降的雪花，将落未落之际又倏地飞扬而起。牡丹花瓣般透明的雪花闪着点点光屑，映出紧贴在一起的筱的脚和贡的手。贡衣衫散乱，衣摆上群开的桔梗、胡枝子、雏菊半埋在雪里，零落无人问。

贡是以怎样的表情忍受着痛楚，无人知晓。筱最后用力踩了一脚，蹒跚着独自回到铺地板的房间。

时至今日，筱终于明白信雅为何要将指导贡的责任托付给自己了。信雅也深知贡的技艺缺少情感，在他看来，筱的能乐造诣还在其次，最重要的是，她是女子。他必定认为，只有身为女子的筱，才是将《井筒》中女幽灵的心境注入贡内心的理想人选。可是她做不到。那孩子没有一丝人的血性，她无法让他明白女人心。

待在冷飕飕的房间里，筱只是一声接一声地发出冻结般的凄凉叹息。

不知过了多久，筱突然在意起庭院的静寂，于是来到窄廊。

雪已经暂时停了，银装素裹的庭院里，贡倒在一处树丛下，全身覆满了雪。多加正从走廊暗处担心地偷偷张望庭院，看到筱的身影，慌忙转过脸逃走了。筱再次赤足走到庭院，打开白扇，掸去贡身上的雪，把他带到佛堂。

"脱下衣服，内衣也全部脱掉——"

贡依言开始脱衣，但不知是冻僵的身体不听使唤，还是难免有些害羞，他的动作很是笨拙，最后的薄衣是靠筱的帮助才脱下来的。

时值黄昏，雪光映照在格子纸窗上，老旧的榻榻米和纸拉门也难得地闪着光辉。射在贡身上的雪光，像把他的身体当磨刀石研磨刀锋似的，濡湿了苍白的影子。信雅岩石般结实的身躯是茶褐色的，所以这仿佛被雪光穿透的透明肌肤，定是继承自纪世无疑。贡垂着头，宛如被钉在板窗上一般，双肩绷紧，一动不动。筱凝望良久，终于拿起佛龛上供奉的骨灰罐，倾出信雅的骨灰。她一只手将骨片碾碎，另一只手掬起散落的骨灰。

"拜领父亲的生命吧。"

语毕，筱首先将骨灰涂在贡的脖颈上。虽然薄薄敷了一层，但任凭筱如何用力涂抹，始终无法完全掩住骨灰下浮现的苍白光泽。

贡紧握的双手冻得伸展不开，筱对着他的手吹气，沐浴着温暖的气息，贡的手指终于松开了。筱伸手握住他的手指，正在涂抹骨灰时，贡光裸的双腿内侧皮肤突然收缩，似乎战栗了一下。

筱心中纳罕，探手触摸他的腿根处。掌心下的肌肤，分明在轻微地颤抖。

贡微偏过头，把脸藏在刘海深处，似乎很害羞。看着他的脸，筱得出一个结论。

——这少年，还不识女人滋味。

她继续观察着贡的表情。

直到细雪化成的水滴从刘海滴落，针刺般渗入筱的手，她才终于缩回手。

四

从翌日晚上起，余下的半个月，筱命贡每晚前往御影町的花街柳巷。最初那晚，她也一同前往，代替懵懂无知的贡透过格子窗或布帘往店里觑。店员和女郎们都疑惑地看着这个以热切眼神寻觅的女子，筱却不以为意，只管一家家店看过去，最后终于看中了一名少女。那少女十六七岁，有一双水汪汪的眼睛，长得楚楚动人，小巧嘴唇慵懒张开的模样，让人觉得她天生就属于这种世界。

筱给了贡钱，命他去找那少女寻欢，自己藏在枝头犹带昨日残雪的柳树影里，留意着二楼纸拉窗的灯光，看贡进了哪个房间，然后耐心等候。过了半个小时，贡沉默地走出了紫色布帘。筱迫不及待地赶到他身边，用衣袖覆住他的肩膀，带他回了家。把多加遣去烧洗澡水后，筱亲手解开贡的衣带，察看他的身体。雪白的肌肤上，隐约染上了女人的红润和白粉的香气。

从第二晚开始，每次贡回来，筱都要检查他的身体。三天后，贡身体的变化逐渐明显，肌肤愈见柔软，白皙的肤色也有了大人似的阴影。接触了女人的肌肤后，隐藏在贡体内的男性气息渐次散发出来。第七天晚上，贡的臂膊上留下了女人的牙印。筱用手指掐着牙印，故意口气随便地问道：

"她当时是什么表情？"

贡垂头不语，半晌，才在筱责怪的催问下微抬起脸，做出一副蹙眉喘息的表情。尽管那表情转瞬即逝，筱还是满足地点了点头。

此时的筱还没有发觉，这种满足感某种程度上是在自我欺骗。

然而经过半月之久，筱终于发现，让贡去御影町也是徒劳。他的身体的确像个大人了，纤细的眉毛也变得浓密，可是技艺却依然不带丝毫情感。

在筱看来，让贡跟女人欢爱是最后的指望。这一尝试失败后，她已经茫然不知所措。在短短半年内让贡再现信雅六十年的演艺功力，实是不可能做到的事，可是这个令人匪夷所思的赌注，筱却说什么也非赢不可。这不是为了别人，是为了她自己。未能实现父亲遗言的筱，余生唯一的心愿，就是至少将继承自父亲的能乐艺术，传给这个与自己没有血缘关系的年轻能乐师。她比以前更焦灼了。

也许是训练太严厉的缘故，贡的脚扭伤了。无奈筱只得暂停训练。然而当晚窥看贡的房间时，他却不见踪影。多加的屋里亮着灯，里面传来笑声，还夹杂着贡的声音。那是筱从未听过的，带着孩子气的爽朗声音。打开纸拉门一看，两人比刚才投在门上的影子距离还要近得多。多加脸色大变，垂下了头，回过头来的贡，笑容也迅速消失无踪，恢复成平日的苍白脸庞。

"既然你走得动,现在就开始训练。"

铺地板的房间已夜色深沉,筱点上烛台,立即开始训练。但贡的脚腕大概还没有复原,动作屡屡变形。不,不只是脚腕扭伤的缘故,这几日的严峻训练效果适得其反,最近的贡有些自暴自弃的模样,动作前所未有地章法大乱。但根据经验,筱知道只要度过这段混乱时期,技艺便会大有进境,因此依旧毫不容情。

扬起的白扇钩住了贡的和服袖口,把衣袖翻卷到上臂。女郎的牙印变成了发黑的瘀斑,在灯油将尽的朦胧灯光下,看来格外分明。筱想起了只见过一面的女郎的红唇,霎时一股愤怒直冲指尖,以白扇扇柄为刃,像要挖出那牙印似的,劈向贡的手腕。扇柄落处,应声渗出一缕鲜血,顺着手腕流过手指,滴落地面。那血让筱清醒过来,贡却依然蹲在地上,头埋在胸前,寂然无声。

"为什么不叫痛?为什么到这个地步还不反抗?你连这点骨气也没有吗?"

说着,筱一把揪住贡,正想把他的脸扭向自己,又倏地缩回手。

能面在笑——

不,那不是能面,是贡的脸。刚才贡往前扑倒之际,映入筱眼帘的那张脸上,的确浮着淡淡的笑意。浸在烛火暗影中的脸,宛如能面将栖宿其后的人的灵魂从深邃的黑暗中缓缓释出,笑了起来——

筱不知道贡在笑什么，只觉得背上蹿过一阵恶寒。

贡仍旧埋头蹲在原地。从他的姿势来看，似乎在一瞬不瞬地望着不住流到手上的血。那张藏起的脸上，是不是依然浮着笑意呢？

"够了，今晚先去睡吧！"

筱好不容易才以梦魇般的声音说出这句话，逃也似的离开了房间。

五

贡的脚肿得很厉害，筱决定暂停训练，直到他痊愈为止。她自己也想利用这段时间，仔细考虑今后如何教学的问题。然而反复思量，终无善策，唯有比以往更严格地督促练习，以期他能自己有所领悟。筱久久地坐在佛堂，向信雅和纪世的在天之灵诉说自己的苦衷，又去附近的神社参拜百次，每日清晨依旧天色未明即起，凿开井里的冰，以冷水沐浴净身。

进入阴历三月，贡的脚伤已经复原。重新开始训练的前一晚，多加去给贡送晚饭，筱也刚好从贡的屋前经过。大概是又要下雪了，灰蒙蒙的天空透着阴冷的感觉，比平日更浓的暮霭，给庭院的踏脚石和树丛笼上暗影。幽暗的纸拉门里传来说话声。

"贡少爷，太太对你这么坏，你为什么总是默默忍受？"

多加说到一半，似乎发现了走廊上的筱，语声含糊下去。贡却恍若浑然不觉。

"前人说过，习艺须坚持不懈，戒骄戒躁。母亲大人严格要求，也是为了我的将来着想。听母亲大人说，她小时候因为练功偷懒，曾被父亲绑在树上一整晚。和那比起来，我所受的远远不算什么。大概因为我毕竟不是亲生之子，母亲大人也有所顾虑吧。"

筱默然而过。那天晚上走进厨房时，正往灶里添柴火的多加缩着肩膀，似乎在看什么东西。筱出声喊她，多加惊觉回头，慌忙把东西藏到背后。筱从不情愿的多加手上硬抢了过来，发现那是一张陈旧的"绘草纸"[1]，上面用阴森的墨汁画着一个年轻男人被吊在绞刑架上，粗草绳在胸前绑成十字的景象。画面的残忍，令看的人胸口也有种被绳索绑缚般的窒息感。在筱的逼问下，多加哭着承认是向贡借来的。

"看这种东西——"

映着灶里红红的火光，罪人看起来扭动得越发痛苦。筱感觉一阵恶心，但还是佯若无事地把它丢进灶里烧掉。

---

1 江户时代流行的通俗绘图小说。

隔天清晨，筱在从缝隙吹进来的冷风中醒来，看到昨晚积雪的微光映照下，纸拉门开了道缝，一条约二尺长的细长影子正从缝隙中悄悄潜向榻榻米。

蛇！

筱连眼下正是寒冬都忘了，当场跳了起来。但那条"蛇"却一动不动。点上灯上前看时，原来只是条粗草绳。拉开纸拉门的轻微震动中，绳子末端黏滑地摇曳着，飘过窄廊，落向庭院幽暗处。细看窄廊地板下面，黑乎乎的影子盘成一团，就像条真正的蛇一般。刚才门隙里看到的那阵晃动，想必也是风吹使然吧。

雪已经停了，风从庭院薄薄的积雪上吹拂而过，扬起一阵雪烟。咻咻刮过的风声，听来便如潜伏在暗处的蛇的呼吸。筱悄悄去看贡的房间，他的背影融在黑暗中，似乎还在静静沉睡。筱又叫起多加，但她什么也不知道。筱心里隐隐有些发毛，始终无法挥去那条黑草绳的影子。

当天早上，训练重新开始。但经过四五天的休息，贡的技巧果然一落千丈。不知是不是脚还在痛，每次动作出错，贡就用力抚摩脚踝。可是脚肿明明已经全消了。筱觉得他是在休息期间养成了偷懒的毛病，于是比以前更加严厉地呵斥。但贡依然屡屡失足，接着便反复摩挲，最后更对筱的叱责听而不闻，吊儿郎当地伸开腿蹲下来，不住抚摩着脚。

筱挥起白扇，正要狠狠教训，陡然间却如遭雷劈一般，白扇停在了半空。

贡的手在撒谎——

看他伸手抚摩脚踝的样子，似乎真的很痛，可是筱总觉得透着虚假。他不是偷懒，而是故意假装偷懒。

"你是想说，这样训练太辛苦了吗？"

为了不被内心泛起的阴影吞没，筱厉声问道。

"不是——"

贡难得地开口回答。这是他训练三个月来，第一次出声。

"母亲大人还是手下留情了。"

听到他初次开口，筱一瞬间感到了怯意，茫然地凝视贡的脸。静静地回望着她的贡，容色一如往常，依然是那张稚气犹存的脸庞。

可是他并不是孩子。这个年轻人正如自己曾经想到的，已经不是小孩子了。

适才贡的回答，也可以理解成听话的意思——温顺地希望训练更加严格。然而事实绝没有如此简单。贡毫无疑问是在故意偷懒，故意激起筱的怒火，嘴上却又说希望训练更加严格，筱感受到的不是顺从，而是一种挑衅。

"你的意思是，希望更严厉的惩罚喽？"

怒上心头的筱，刚才的怯意已抛到九霄云外，气得发抖的手使出全身的力量，像以前那样揪住贡的衣领，把他拖到庭院。想起早上的绳子，她把那条绳子从窄廊地板下拿出来，把贡绑在樱花树上。贡罕有地进行了反抗，结果绳子反而勒得更深。樱树枝头摇落的雪，把贡的身体染成雪白。最后筱用几乎要扯断手腕的力道，牢牢地打了个结。多加在旁哭着求情，但筱连她也劈头怒骂，径自回了自己房间。

还在颤抖的手掌上，留下了红肿的绳索勒痕。筱心想，贡果然是憎恨自己的。他装出温和顺从的模样，暗地里却憎恨着取代亲生母亲入主这个家的继母，憎恨她对自己毫不容情的叱责，重重打下的白扇。他对继母表面驯顺，实则反抗。筱想起了那天夜里贡的笑。在稚气面具的背后，他就是以那样的笑容嘲笑如夜叉般怒发如狂的继母吧！不单是今天，之前他恐怕也一直在故意偷懒吧！

贡在抗拒自己这个继母——筱得出结论。纵使不无牵强，她也要如此理解，以淡忘那天夜里贡的笑让她油然而生的莫名恐惧。

夜深人静后，筱去庭院察看，贡已垂着头失去意识。急剧降温的寒夜，他只着一件单衣，冻死也不足为奇。

六

从那以后，贡只要稍有懈怠的模样，筱就把他绑到樱花树上。即使被绑到天亮，贡也一声不出。在出声以前，他已因寒冷和疲劳晕了过去。而筱感受到的，不是对贡倔强的佩服，而是恐惧——承受如此的痛苦也毫无反应，简直不是常人的身体。然而不可思议的是，这段时间贡的舞姿却有了艳丽的韵味，能面也渐现阴影。虽然离曲尽《井筒》之妙还相距甚远，但他的舞姿中，已些微渗入以前全然不见的情感。

但那只是昙花一现，贡的技艺很快重归索然无味，能面也再次失去生气。这究竟是什么缘故，筱也不甚了然，唯有严加叱责，希望挽回那不知所以而开，又转瞬即逝的花。

就这样，不知第几次把贡绑在树上时，筱像往常一样告诫他："好好反省自己！"正要转身离去之际，贡却看准这一刹那，用嘴咬住筱的和服后领，不让她离开。筱惊异回头，只见贡默默地望向筱的头顶。筱顺着他的视线仰头望去，樱花树的枯枝上垂着一条粗绳。之前筱一直没发现，事实上它就垂落在堪堪触及筱发髻的位置。这条绳子比绑在贡身上的绳子粗上好几倍，在风中摇曳时，绳子末端不时如镰刀般扬起。

贡只是定定地望着那条绳子。不知何时，筱的呼吸急促起来。"谁把绳子挂在这种地方的？"用这句话掩饰自己的激动后，筱若无其事地回了房间，然后立刻叫来多加，逼问是谁把绳子挂在樱花树上的。多加犹豫着没有回答。"是贡吧？是贡对吧？"筱忍不住大声问道。半晌，多加点了点头。其实不需要找多加来问，筱心里也明白贡凝望那条绳子的眼神意味着什么。他是想告诉筱："用那条粗绳来绑我吧！"

这十天来，筱渐渐察觉贡渴望的是什么，只是她不愿相信，宁可将一切归结于他抗拒身为继母的自己。然而，这已不足以解释刚才那条粗绳了。一次次绑缚贡，在筱的掌心留下了鱼鳞般的勒痕。第一次把贡绑到树上的那个早晨，有人往筱的房间里丢绳子，那必定也是贡做的手脚。筱一直以为那天把贡绑起来，是出于自己的意志，可是把贡拖到庭院后，她会突然想到把他绑到树上，进而拿起绳索，焉知不是因为前一天傍晚贡对多加所说的话，有意无意地留在了她心里呢？

"听母亲大人说，她小时候因为练功偷懒，曾被父亲绑在树上一整晚。和那比起来，我所受的远远不算什么。"

倘若这番话不是对多加说的，而是有意识地说给走廊上的筱听……倘若那天早晨，贡是故意把绳子丢进纸拉门的缝隙，引起筱的注意……会不会，那并不是她自己的意志，而是贡巧妙地掌控了筱的心情，让她拿起了绳索？不只是那天，一直以来都是，今天也是。

筱摇了摇头。然而不论怎样否认，前几天夜里贡那捉摸不透的微笑依然深印心中，如同掌上留下的鲜明勒痕一般，无法抹去。

这天的庭院也是一片静寂。夜色降临后，筱点上烛台，来到庭院。可能快下雨了，天上无月。走近看时，贡垂着头，已晕了过去。

"贡……"

就在筱开口呼唤时，风吹灯影摇动，烛火的影子像要托起贡低垂的头一般，从脖颈蹿升到脸颊。筱立时吹熄了灯，周遭陷入黑暗。然而贡的脸已深印在筱心底，黑暗也无法抹去。被烛火的影子烧到的一瞬间，那散乱的头发、扭转的脖颈，与那天晚上筱从多加手上抢过来，丢进灶里的那张绘草纸一模一样。影影绰绰的烛火，赋予了那张脸难辨苦乐的奇异表情，不知是痛苦的扭曲，还是在笑。

那张绘草纸恐怕也是贡特意让她看到的吧？是他事先吩咐多加，在筱走进厨房时看那东西的吧——他希望体验和绘草纸上的男人同样的滋味，所以驱使筱的手握起了绳索……

吸入贡脸庞的烛火，在黑暗中渗出青白色的微光。似明还暗的朦胧光影中，隐约浮现贡的容颜。筱不由得退了一步，发髻碰到了什么东西，滑溜溜地掉落在肩上。是那条挂在枝头的绳子。筱强忍住尖叫的冲动，唤来多加收拾残局，自己回到房间，关紧纸拉门，胸中兀自激荡不已。

筱觉得这都是那一幕太令人震惊的缘故。她不断告诉自己，不要胡思乱想，贡只是个孩子。

第二天的训练是意料之中的失败。即使让贡穿上裤裙、戴上能面舞蹈，也一样毫无效果。女子的幽灵化身为挚爱的业平，对着井水倒映的业平，亦即自己的身影出神凝望，思念不已，这正是《井筒》中最难演绎的片段。数日前贡表演时，注视水面倒影的能面还确然是女子的眼神，如今却又变回一张木偶的脸。筱的白扇鞭打似的劈将过去，也许是力道太猛，贡低呼一声，跌倒在地。

"站起来！站起来再演一遍！"

可是贡伏在地上一动不动，最后传出细微的语声。

"您……母亲大人如此憎恨我吗……不，您憎恨的不是我，是我的亲生母亲吧？"

"你胡说什么？你是想用这种话搪塞过去吗？"

被贡的话所激怒，筱的扇子更加用力地劈头打去，扇子呼啸着划过空中，能面应声跌落微暗的底层。贡静静地抬起脸，幽暗的光线，衬出乌帽子[1]下的小小脸庞。一缕鲜血从额头流下，一直流过眼睛。

"可是，母亲大人现在的表情，和那时一模一样。"

不知是用尽全力后的虚脱，还是听到这句话之后的错愕，筱当场脱力般坐倒在地。

贡说的"那时"，无疑是指八年前从河堤上向他投石子的时候。筱觉得，也许贡说的是对的。自己的确是假借习练能乐之名，宣泄对一个迫使自己做了十年妾侍的女人的怨恨。频频责打的白扇、劈头盖脸的痛骂，都是为了让贡体内流淌的纪世的血，也尝到自己那十年来地狱般的苦楚。

贡的脸就在筱眼前。她和那时一样，额上流着黏汗，鬓发散乱。贡看她的眼神，也和那时一样空虚。那双眼里映出的，一定是个化为夜叉的女人吧——羞惭与恐惧交并的筱，本能地拾起掉落在地的能面，覆在自己脸上。黑暗中回响着筱剧烈的喘息。

一只手按着能面，筱摇摇晃晃地想要站起，但贡却伸手拉住筱的鬘带[2]，阻止她起身。这让筱猝不及防。

"放开我……放手……"

1　日本平安时代至近代的一种黑色礼帽。
2　能乐演员扮演女角时假发上的束带，从额头缠裹至脑后，两端自背后垂下。

空空洞洞的声响，听来浑不似自己的声音。失魂落魄，全靠贡扶住的身体，也仿佛已非自己所有。

情绪冷静后，贡忽然一只手从筱的腰间松开，去摘筱脸上的能面。手指在筱颈上摸索片刻，终于摘下了能面。

筱张眼望去，贡把头埋在她腰带旁，一只手雏鸟般紧紧抱着她的腰，另一只手戴上能面，安静地抬起脸。从筱肩上褪下的衣袖遮蔽了光影，一片幽暗当中，浮现雪白的能面。

能面在哭泣。目不转睛地望着筱的眼神，带着无可言喻的悲伤。贡注视着筱的双眼，不断诉说着无法出口的乞求。见筱没有反应，贡摇了摇头，仿佛在诘问她为何冷漠无语。能面左右摇动，悲伤愈加深切。能面就是贡的脸。这是第一次，能面显露了贡的心境。他的脸与能面已合为一体，将无法表露在脸上的心事托付给能面，悲痛地诉说着。

不知何时起，贡的另一只手频频拉扯筱的衣袖，过了一会儿，那只手抓住筱的手腕，连同她手上握着的白扇一起，往自己的肩膀打下去。就这样，贡一次次将白扇打在自己肩上，筱失去意志的手在贡的牵引下，不断用白扇击打着贡。

贡是在诉说他想被责打。刚才刻意的顶撞，必定也是希望遭到这样的叱责。不，他渴望的是比叱责更可怕的东西。筱已经无法再欺骗自己，假装不知道他渴望的是什么了。贡并不是在反抗继母。

相反，他对筱满怀期待，像索求饵食般缠着想满足内心的那份渴望。为了让筱投出饵食，他想尽种种办法，可是筱依然没有回应，于是他像小狗、小狐狸一般，紧紧抱着筱悲痛地诉说……

一直以来不愿相信的，只是贡的心事吗？筱觉得，也不得不直面自己的心态了。的确，自己一直以训练为名，向贡的身体发泄对正妻的憎恨，可是，那真的是唯一的理由吗？白扇向贡劈去时，那种从指尖迸发的热血沸腾的感觉，真的只是因为憎恨吗？昨天发现樱树枝头垂下的绳索时急促的呼吸，烛火的影子烧灼贡的脸时心头的激荡，又是为了什么呢……不知何时，筱松开了贡的手，自己用白扇击打着贡的肩膀。她茫然地望着能面，以远比平常温柔的力度不断挥下白扇，仿佛在无声地安抚。

沉浸在渐浓的黑暗中，能面持续诉说着内心深处的悲伤。它的眼里浮现泪光，筱的眼中也渗出泪水。她终于明白，为什么被绑到树上后，贡的技艺开始有了艳丽的色香，为什么那色香又转瞬消逝。贡逐渐习惯了细绳，那绳子已经不能让他感到痛楚了。他渴望被更紧地绑缚。可是贡深深渴望的，可以更紧绑缚他的东西，自己真的该给予吗？

宛如偎靠着母亲般，能面不断诉说着，像一条呜呜叫唤的小狗，一点点挨近筱心里踌躇着打开的细小缝隙。筱心底有一个疑问，却始终问不出口。为什么，你会渴望那么可怕的东西呢——这一刻，筱忽然觉得这孩子很可怜，真正把他当成亲生骨肉来疼爱。

像展开羽翼的母鸟一样，筱伸出衣袖抱住贡的肩，把脸贴近能面。筱流下的一行泪落在能面的眼上，仿佛从那眼里流出一般滑过面颊，化为光的水滴，坠入黑暗深处。

"我知道了。"

良久，筱悄然放开贡，说道：

"好了，开始练习吧。"

这是第一次，筱以一个慈爱母亲的声音对贡说话。

那晚贡的表现惊人地精彩。一度吸取了贡心情的能面，自己也被赋予了生命，把《井筒》中的种种心境表露得细致入微。看得如痴如醉的筱，把刚才落下的泪水、责打贡肩膀时的犹豫都忘了，比以前更严厉地劈下白扇。

不，筱知道打向贡的手和以前有微妙的不同。就像那个下雪的早晨，贡伸手抚摩着并不疼痛的脚一样，如今怒气冲冲打下去的手，也透着某种虚假。

第二天的训练中，贡犯了个小错误，筱立刻将他拖到庭院，用挂在枝头的粗绳把他绑到樱花树上。

七

"我还不理解《井筒》中女子的心境。女人会思慕男人到那种程度吗……母亲大人，可否让我再去一趟御影町？"

春日将至，进入最后一阵严寒时，贡提出这个请求。自从半月前的某件事后，贡的进境之快，与之前判若两人。虽然还是青涩未开的花蕾，但筱认为，他的体内已种下了花的根基。那件事以来，筱扬起的白扇不时会停在半空，情不自禁地想用能面遮住脸。而贡则像半月前的傍晚那样，握住筱执白扇的手往自己肩上打，央求她更严厉地惩戒自己。还有一天晚上，正要结束训练时，贡拉住筱的和服衣袖，能面再度倾诉着悲伤，似乎在诘问为何最近很少叱责了。

为了配合贡的需要，筱决定掩饰自己的感情。她故意装成凶恶的夜叉，动辄大发雷霆，把贡打得动弹不得，然后拖到樱花树前绑起来。每遭受一次毒打，贡能面上《井筒》女子的哀伤就又深了一分。

筱感到很满足。而且她认为贡的进境并不只是因为自己给了他饵食。也许是感受到了自己的进步，贡表现出前所未有的热忱。虽然依旧沉默寡言，有时却会滔滔不绝地主动讲述心得。筱觉得，不论表演如何，他总算开始领悟能乐的奥妙。

所以当贡提出想去御影町时，筱完全理解他的想法，欣然给了他钱。那天夜里，贡回来得很迟。躺在被子里的筱一直在等着，终于走廊上传来轻轻的脚步声，被月光染成苍白的纸拉门上，映出一条人影。

"贡吗？已经很晚了，明天还要早起，快去睡吧。"

筱说毕，人影静静地应了声"是"，悄然而去。

翌日傍晚，贡又去了御影町。随着贡一再前往花街，多加也有了变化。她对贡表现出异常执着的态度，这晚贡外出后，她又在屋里嘤嘤啜泣。看到多加伤心的模样，筱不自觉地感到快意。她是不无喜悦地把贡送出门的。

筱已经发现，近来贡只言片语间提到多加时的语气，还有多加注视贡的眼神都不同寻常。每当听到贡和多加的笑声，筱就大动肝火地打断他们的谈笑，把贡带回训练场。哪有闲工夫跟这种小丫头厮混？筱如此解释自己的愤怒。但自从贡频频外出后，筱终于不得不承认，面对伤心的多加，她的内心有种幸灾乐祸的感觉。

第五天晚上，筱明知多加会在旁偷听，故意问正要出门的贡：

"去得这么勤，莫非有了特别中意的姑娘？"

"没有，我都是找第一次去那晚，母亲大人替我选中的少女。"

听到贡的回答，背对筱的多加在拼命地忍耐。筱知道自己朝着她的背影冷冷一笑，但她还不曾意识到，让贡去御影町固然令多加深受打击，但最痛苦的人，莫过于她自己。

随着贡日复一日流连御影町，筱也愈来愈猜不透他的心意。难道他当真迷上了花街的女郎？夜深不寐，等待着迟归的贡时，黑暗中浮现那只见过一面的少女慵懒的嘴唇。少女的脸恰好出现在贡戴的能面上。自从前往御影町后，能面逐渐显露出女性的丰润。从能面的表情上，可以看到少女啃咬贡肌肤时的脸。少女的影子让筱一阵揪心，几乎喘不过气来。这种五内俱焚的感觉如此熟悉，以前她和信雅的关系当中，对纪世也有同样的感觉。

一日正在演练时，《井筒》的能面忽然化为花街少女的脸，向筱逼近。筱忍不住用力敲打能面。"你被那女孩子勾了魂吗？刚才那是什么表情？"和白扇一起敲下的，还有数日来内心的积郁。

"母亲大人为何选中那少女……不是因为她长得像您吗……"脸藏在能面背后，贡幽幽地回道。

"你胡说什么——"

筱扬起白扇正想再打，陡然间背上仿佛被泼了盆冷水。这孩子把一切都看透了。连她自己不曾察觉的也看透了。不，他不是普通的孩子——筱想起半个多月前，贡似乎感觉到她的接近，突然凑近多加，发出刻意的笑声。重去花街恐怕也是他有意为之，为的是点燃筱心头的嫉妒之火。他要让一个以前因嫉妒发狂向自己投掷石子的女人，再次向自己投来石子。他期待着筱被嫉妒之火烧焦，下手痛打自己——

那晚，筱辗转难眠。为了平息全身的燥热，她到庭院以冷水洗身，无意中朝井里瞥了一眼。月光浮沉不定的水面，映出一张女人的脸。的确如贡所说，从这张脸上，筱看到了花街女郎的影子。

贡黎明时分才回来。筱一夜未睡，蹲在池边等着他。足音始终渺然，筱却忽然感觉到有人在注视自己。回头看时，贡正站在窄廊上。

"我回来了。"

贡垂着头，沉静地望着筱。

筱觉得他戴着面具。在面具之下，他精心策划了一切。他看透筱的心情，巧妙地加以操纵，在她心头种下对多加和女郎的嫉妒。他希望那嫉妒变成怒火发泄到自己身上，希望筱投给他更刺激的饵食……可是筱已经无法给他更多了。那也许会令他的技艺更添光彩，但同时会毁掉他的身体。

筱发现掌心有枚石子。大概是不知不觉间握住的吧，这枚不记得如何拾起的石子，宛如从筱体内溢出的无边悲伤，在掌心凝结成小小的露珠。一如八年前那般，筱的手不自觉地动了。从筱手中弹出的石子，划出一道舒缓的弧线，从贡身边掠过，打破了背后的纸拉门。筱又拾起一枚投出去，依然只打中纸拉门的木框，映着曙色的纸拉门一阵晃动。

在纸拉门上破开几个洞后，石子终于打中贡的胸口。一次得手，筱再无虚发。

筱从庭院仰望着贡，不断投出石子。身受石子攻击的贡，依然如同戴了面具般毫无表情，和当年没有丝毫变化。以前石子是投向那张脸上依稀可见的纪世的面影，如今却是投向贡本人。

但筱所明了的，也仅止于此。为何手指仍像那时一样，随着石子一枚枚掷出，愈来愈灼热，愈来愈激烈，她也茫然不解。

三月将尽，樱花花蕾柔嫩泛红之际，一连数日都是寒冷彻骨的天气，仿佛冬天又回来了。这天贡也清晨才归，虽然直接投入训练，却是一副心不在焉的模样。任凭筱厉声呵斥，他只是苍白着脸，疲倦似的抚摩着腰，倚在纸拉门上望向庭院。忽然，他恍若不经意地喃喃问道：

"母亲大人说过，您曾经被关在仓库里，两晚没有吃饭……是被绑起来关在里面吗？"

筱粗重地喘息着，循着贡的视线望去，寒风中摇曳的樱树枝叶对面，可以看得到仓库。早晨的阳光和寒风一起肆意横扫朽坏的仓库，反射出刺眼的白光。

翌日早晨，筱起床披上和服时，有什么东西从袖口掉落。拾起到灯下一看，是把锁。这当然是仓库的锁。锁上还插着钥匙，宛如要求筱打开心扉。

筱很想把锁丢掉，但与心头的那股恐惧相反，手却紧紧握住了冻硬的锁。

八

倘若银座六丁目的停车场发现的右大腿骨的确属于八十年前惨遭继母杀害的藤生贡，为何只有右腿被埋在远离小川町的地方？我对这个疑问深感兴趣。

研究日本文学的我，有一位名为 N 的作家友人。N 以收集秘本闻名，他向偶然造访的我说：

"对了，那个藤生什么的事件，我这里有点有意思的东西。"

说罢，N 从藏书室里取出一本泛黄的旧册子。那似乎是明治末期的书籍，作者的名字我从未听闻。书中描写的某一夜的故事，据说是作者从藤生家惨案的唯一证人——那位下女口中探听得来的。

我立刻浏览了一遍这本薄薄的册子。虽然没有使用当事人的本名，但故事设定的确就是藤生贡与深泽筱关系的翻版。继母借口练功偷懒，把年轻能乐师关在仓库里。同情他的光（书中下女的名字）正在做饭团，打算偷偷从天窗送进去时，继母突然闯进来，把白饭丢到地上。看着沾满泥土的白饭，继母浮出笑容，旋即把饭纳进衣袖，命光当晚丑时来看仓库。

作者以猎奇的笔调，兴味盎然地描写了那晚光看到的情景。

从天窗洒落的月光，映出一个被剥得一丝不挂、全身绑着粗绳的少年。被关在冷如冰窖的仓库里，少年已两晚粒米未进。苍白的月光，濡湿了如薄冰般冰冷透明的肌肤。继母的身影俯视着少年，从衣袖里取出沾满泥土的白饭，随手抛到地上。少年像饿狗般满地乱爬，兴高采烈地吃着饭，继母的影子也欣喜地摇动着，宛如在贺宴起舞般，笑声不绝。

发现袖中食物已尽后，少年咬住女人的衣摆，摇着头不断诉说着。于是女人抽出腰带上的白扇，用扇柄痛打少年，似乎恨不得剜出他的肉。这分明是一幅可怕的地狱绘卷，两人却洋溢着在天堂嬉戏般的喜悦——作者絮絮描述了良久，最后以这段话作为结束：

光觉得两人戴着面具。明明是如此残忍的行径，月光下两人苍白冰冷的脸上，却泛着静谧的笑意。

虽然不无夸张之处，不过深泽筱与藤生贡之间很可能发生过类似的事。册子的霉味与阴暗的内容交织在一起，令我感觉难以忍受。同时我也想到，或许就是因为这种异常的关系，藤生贡的右腿后来受伤严重，深泽筱唯恐那伤势让别人发现两人的异常行为，才将右腿单独埋在难以发现的远处。

正月过后，借着和能乐艺人Ⅰ谈笑的机会，我又有了更深入的想法。当时我问舞完《井筒》的Ⅰ，《井筒》最难的地方在哪里，他答说：

"我想当数身为男儿的我必须在舞台上先演女角，继而演由女子改扮而成的男子吧。"

作为能乐史的研究者，这一点当然是我所深知的。但听了老艺人的回答，我第一次有了真切的感受。我在想，如果《井筒》中从男（能乐师）到女（女幽灵），再到男（业平）的三段式转变再增加一段呢？倘若一个女子扮成能乐师登上舞台，在舞台上演出女角，进而改扮为男子，如此便成了四段式的转变。

——在鹰场伯爵归国贺宴上演出《井筒》的，会不会其实是深泽筱？

既然秉承藤生信雅之意担负起指导贡的责任，深泽筱虽为女子，对能乐的心得必已超越一个十五岁的少年。况且贡那年春天被火烧伤，此后一直戴着能面生活，极度沉默，筱即使不发一语，也不会引起别人怀疑。她的体格和十五岁的少年应该差别不大，倘若贡长得纤秀如女子，从能面下露出的下巴也无从发觉。低沉的谣曲更是难辨男女。鹰场伯爵评价说"技艺尚有生硬青涩之处"，那或许正是女子演出能乐的违和感。

伯爵归国前，贡的腿受了致命的重伤，已不可能登上舞台。为了实现信雅的遗愿，筱遂以身相代，完成了贺宴上的演出。随后她将贡杀害，切割了那已无法登台演出的无用之身。唯有右腿埋在难以发现的地方，是因为她担心那伤势会让人察觉在最后的舞台上演出的，并非藤生贡本人。

为了让鹰场宅邸宴席上演出的能乐彻底成为藤生流最后开放的花，深泽筱将贡的腿深埋在土中。

九

庭院的樱花烂漫盛开之际，筱要多加发下重誓，绝不向他人透露在仓库中看到的情景，然后给了她十天的假。刻意让多加看到自己和贡在仓库里的所作所为，是筱对自己在仓库——确切地说，是在那恐怖牢狱里所犯罪行的唯一辩解。她希望让别人知道，那不啻恶鬼行径的罪行是绝不可饶恕的。

筱要趁多加不在时完成一件事。她已经放弃了让贡那年秋天在鹰场宅邸演出的打算。仓库之事发生半月来，她知道自己与贡之间的关系已无可挽回。这样下去，不等秋天到来，她就会亲手毁掉贡的身体。而且自己代替贡演出最后的舞台，也是上上之策。以自己的造诣，必然可以演出不愧藤生流最后之花的《井筒》。况且纵使只有短暂一夜，也是让父亲遗下的花开放于世的机会。同时，那也是身为女子却被当作能乐师抚养长大的自己，对拒绝接纳女性的能乐世界唯一的报复。

可是自己即将要做的事，真的只是出于这个理由吗？——为了秋天舞台上的偷梁换柱不露痕迹，需要让贡平日就戴着能面生活。在舞台上当然没有问题，但还必须让别人相信，出入宅邸时也戴着能面的她就是贡本人。为此，筱决定烧伤贡的脸。可是，这真的是唯一的理由吗？若说贡的身体渴望着那张绘草纸上的火焰，自己的身体、自己的手，又何尝不渴望着给予贡那火焰？

仓库里的事发生后，筱已经迷失了自我。她感觉自己被年少的贡玩弄于股掌之上，无论身心都变成了另一个女人。

宛如洞悉了筱的心意一般，多加离开后，贡又开始训练偷懒。然而筱却是一反常态的茫然，没有任何反应。

"母亲大人，我已经不想再练习能乐了……我喜欢多加。我想和多加结为夫妇，尝试去做生意。"

那一晚，贡滔滔不绝地说完，揭下能面掷向铺地板房间的柱子。与他的话语、举动相反，能面下现出的，是一张白净而天真的脸庞。

——这孩子，又戴上了面具。

筱觉得贡真是个可怕的孩子。他是看透了进入四月后自己的企图，主动送来一个机会吧。他像狗一样嗅出了筱的意向，为了让还在犹豫的筱下定决心，自己给了她机会。筱决定配合贡的表演，自己也戴上面具。

她的脸上浮现静谧的微笑。

"既然说到这个地步了，为了避免你走上能乐师以外的道路……我就让你一辈子也摘不下面具吧……你不是想知道地狱是什么样子吗？我就让你看看！"

说罢，筱把贡关进仓库，绑得比平常还要结实，然后拎起油桶，来到庭院。

春日的黄昏，花霭在轻柔地流淌。低挂在土墙上的月亮，衬得夜空越发晴朗湛蓝。

这夜的樱花，开得如云似霞。仿佛承受不住花的重量般，四周无风，樱花花瓣却纷扬飘落。

如此美好的春光，今年也是最后一次欣赏了吧。惋惜着已逝的春天，筱一时忘了一切，全心眺望着小山般重重叠叠缀满花朵的樱花树。

终于筱回过神来，提起油桶，把油倾进长把勺子，像最后一次给树浇水般，从树干到下方的枝叶，一一仔细洒到。淋在树干上的油光映照下，连花看来也黏糊糊地闪着光泽。但当筱放起火来，从树根蹿上的火势和喷向夜空的白烟，转眼便将一切吞没。

白烟袅绕中，花霭愈显浓郁。伴随着哗哗剥剥的爆裂声，不辨是火花还是花瓣在夜空四散。花瓣在花霭中飞舞半晌，飘落在筱身上。

火焰从树干蜿蜒烧向四周的樱花。筱使尽全力折断一根燃烧的树枝，走进仓库。樱花火把将仓库鲜明地分成黑暗与火焰。

花与火之间，几缕烟袅袅升起，在映照着火焰的墙壁上飘动着，宛如影子在奔流。地上，贡的影子也如同泛起涟漪般扩展开来。他的表情没有显露出丝毫变化，但在无言的外表下，筱分明感受到了类似影子的涟漪。贡的身体看上去不像活人，死亡缠在他那雪白的肌肤上。

"你到这个时候还戴着面具呢。"

筱低语着，像给雏鸟喂食般，伸出单臂抱起贡的头。仿佛是无声的回应，贡白皙的——真的很白皙的脸上，一行泪水从眼中滑落。但泪水旋即被火焰的影子吞没。火影映照下，贡的脸似乎已溃烂了一半。

贡枕着筱的手臂，平静的表情如在沉睡。筱让他咬住袖角以便不发出声音，然后毫不犹豫地向贡的脸刺下火焰之剑。撞上石头般的沉闷声响过后，只听到"呜！"的一声惨叫。不，那不是惨叫，而是贡喉咙痉挛、身体扭动的声音。

神情沉静如水的筱，忽然想起从杂院出发的那个傍晚，自己烧掉的若女能面。她觉得自己把那能面又烧了一次。

升腾而起的焦臭和黑烟当中，最后的花瓣四下飞舞，有如一个少年的一小片生命烧成的灰烬，飘落到筱的衣袖阴影里。

十

我找到对这起八十年前事件的解释，是在这年春天。四月中旬，因为弟弟、弟媳要搬家，我便前去帮忙。一切收拾完毕后，夫妻俩为如何处理院子里剩下的一株樱花树犯了愁。那是株低矮的幼树，树皮几乎被淘气的孩子剥光，还用刀在上面刻了字，所以卖不了钱也送不了人。见它被连根挖出丢弃，我不觉动了恻隐之心，决定自己带回去。但我住在公寓大厦，没有庭院可以移栽，更重要的是，整株树太重，带不回去。于是我只砍下几根花开正盛的树枝，至少延续它数日的生命。

用不会碰落花瓣的柔软纸张把树枝包起，放进细长箱子后，看着被斫去枝叶、只剩下树干的樱花树凄寂的样子，我忽然联想到了没有手脚的人的躯干。如果换算成人的年龄，这棵树也刚好是十四五岁，还带着稚气的年纪。而装进箱里的樱花树枝，当然也令我联想到纳进棺材里的藤生贡的手脚。从这个不起眼的相似之处，我想到了一种可能。

当年从藤生家抬出的棺材里，或许也只有树枝——也就是手脚，没有躯干。

虽然后来发现了被切成两段的躯干，但很可能在出殡前，就已被筱偷偷从棺材里取出。

我之所以这样想，是因为想到了一个筱必须将贡碎尸的理由。

筱之所以将贡碎尸，当然也有警方和社会大众所认为的猎奇动机，即延续近一年来与贡之间的异常关系，对贡死后的尸体也不放过。但在这一本能的动机背后，还隐藏着一重理性的动机，促使她非将贡碎尸不可。

深泽筱想在出殡之际，单独把躯干取出。

问题在于重量。我因为连树干一起运走太重，只把树枝装进箱里。同样地，筱也因为加上躯干太重，只把贡的头颅和手脚纳进棺材。

为什么她非如此做不可呢？

运出棺材的人显然没有发现少了躯干的分量，因为那棺材恰好是一具尸体的重量。筱用其他东西填补了缺少的躯干。不，应该说，正是为了让那东西的重量不引起别人怀疑，神不知鬼不觉地运到火葬场化为灰烬，筱才要取出躯干。换言之，她才必须肢解贡的尸体。

筱是用什么东西填补了躯干的重量，我也不难想象。那就是葬礼前夜，从藤生家消失的东西——深泽筱本人的重量。

想必早在那年春天，筱就已决意在秋天的贺宴后将贡杀害，并以这种不寻常的方式自杀。希望烧毁继子容颜的业火，有朝一日也烧灼自己的身体，这是一个背负着残酷宿命的女人，对自己那残忍行径仅有的辩白。

这个背负着过于沉重的宿命，无论如何要让能乐之花在贺宴当夜开放的女人，她所采取的这种不寻常的自杀方式，在另一层意义上，也是不寻常的殉情方式——让自己和贡的尸体同被业火焚烧而死。而筱最担忧的，莫过于因为棺材的重量和火化后的骨灰量，被人察觉棺材里装了两个人——这等于暴露了自己的自杀。为此，她必须将贡的尸体肢解。

筱大概已经注意到，自己作为女子的纤细身体，和贡作为男子的躯干重量恰相仿佛。这样想来，当时报纸的描述应该也都是基于事实。葬礼前夜，筱假装从庭院消失，实际上躲在仓库或庭院的树丛中暂时藏身。等到夜深人静，再趁守夜的多加和客人疏忽之际，从棺材里取出贡的躯干，自己潜入其中。

不论棺材里有多少零乱的尸块，必定不会直接暴露在人前，大致总是拼成人体的形状，再覆上舞衣、法被等广袖的能乐装束。筱只要抱着贡的头颅潜身入内即可。

不，我认为这件事有多加的协助。筱将原委全部告诉多加，要她帮助自己。多加大概正是依照筱的嘱咐，向警察陈述她犹如影子般从庭院消失云云。出殡时多加抱着棺材哭泣，也是因为棺材里的筱还活着。至于贡的躯干，很可能就埋在筱遗书中希望埋葬贡骨灰——实际是筱自己和贡的头颅的骨灰的地方，即埋有樱花树残骸之处。

筱必定已万念俱灰，觉得只要在被烈火焚身的最后时刻，可以抱着贡的头就够了。头颅代表着贡的生命，而且那张脸上还残留着烧伤的痕迹，那是自己为了守护藤生流的花，也为了可怕的欲望而犯下的罪。被火烧伤之际贡承受的痛楚，如今自己也同样承受着——这也许是在棺材里迎来最后时刻时，筱唯一的安慰。

通过将近一年的异常关系，继母与继子之间想必已培养出了爱意。那究竟是世俗所谓的男女之爱，还是更接近于母子之爱，我不得而知，但无疑是一种爱的形态。

深泽筱，是个不折不扣被爱的火焰烧焦的女人。

我此前也提到过，在藤生家的没落上，火扮演了重要的角色。那蓬将深泽筱的生命和贡的生命一同焚为灰烬的火，为藤生家的悲剧降下了最后的帷幕。

后来有段时间，我在小川町疑似藤生家遗址一带寻访，但那里如今已变成高楼林立的大街，连藤生这个名字也已无人知晓。

　　但如果我猜得不错，在高楼大厦之间的土地深处，至今仍埋葬着一对男女的生命，以骨灰和遗骨的形态，与樱花树的残骸混杂在一起。只是在这遍布柏油和混凝土的大都会，连路上行人的影子也被吞没，更不会容许我追寻那久远的幻影。

　　文明不动声色地将八十年历史的黑暗尽数包覆其中，再不透露只言片语。

野地之露

（第二话·杉乃）

杉乃小姐……不，嫂子——请让我仍如往昔这般称呼你……自那之后过去二十年了，光阴流逝如此之快，令人只觉宛如一梦。但因为那是大正[1]三年（1914）发生的事，至今确已逝去了二十年的漫长岁月。

　　嫂子，或许你未曾察觉，但这二十年间，我曾三次见过你。

　　第一次是那之后六年的某个春日，樱花烂漫的斜坡上，与阳光一起洒落的缤纷花瓣，令你的脸颊微泛红晕，你牵着年纪幼小、刚上小学的晓介的手，嘴里愉快地哼着歌儿，步上斜坡。

　　之后又过数年，大正末年（1926）的冬天，我因生意上的事回来穿过品川火车站之际，意外地看到你和家人一道从火车下到月台。你落后一步跟在你的丈夫，也就是我的哥哥村田晓一郎魁梧的

1　日本年号，1912—1926。

肩后，雪白的脸裹在深蓝色的披肩里，随他一起走来。你的样子完全是个贞淑娴静的妻子，看来甚至很幸福。

与你并肩而行的晓介，像是对自己已经超过母亲的身材感到害羞似的，将学生帽低低压到眉眼，遮住了面孔。因为我也听说过许多有关哥哥与晓介父子关系的传言，看到晓介仿照你的样子，退后一步，像是藏在父亲背后似的走着，仿佛被孤单地弃置在父亲的阴影下，我心痛难耐。

第三次就在十天前，没错，就是那起事件发生的早上。我看到你在仙觉寺的墓地，向村田家祖先的墓前献上花束，合掌拜祭。你已年逾不惑，发间也掺了银丝，但嘴唇和脖颈仍是二十年前的模样，纤细的面影如同用笔轻描出来……对我来说，你依然是个遥不可及的女人。

我在这下町做着琐碎的药材买卖，躲在你们一家人看不到的地方，试图忘记你……我告诫自己，绝对不能接近你和晓介。二十年来我一直是这么度过的。

这样的我，如今却突然下了决心通过书信与你谈话，不用说，是为了十天前，也即十月六日的那起事件。根据报纸的报道，晓介"晚上九时大醉回家，径自摇摇晃晃地走到厨房，抓起对面的菜刀，刺杀了饭厅里醉卧的父亲村田晓一郎"。

据说当时变生不测，连身为母亲的你也来不及制止，晓介嗣后醉倒昏睡，巡警赶来时依然呼着酒气，手握染血的菜刀沉于梦乡。

报纸和号外纷纷对晓介大张挞伐，指责他身为帝国大学学生，戴着高才生的面具，行径却如恶魔一般。从报道上只提及"与咖啡馆女侍的自由恋爱遭父亲责难"来看，晓介对出生以来父亲一直虐待自己的真正的理由……哥哥对身为不义之子、罪孽之子的晓介怎样地冷漠相待……显然已决意不吐露只言片语。这是为了他自己，为了你……也是为了叔父我……

可是嫂子，事实果真如此吗？此刻，牢房里的晓介也许正相信着自己就是凶手，在喝得酩酊大醉之下毫无记忆地杀害了父亲，并为此深感痛苦，但真的是这样吗？不，十天前的那起事件里，隐藏着连当事者晓介也未曾察觉的一个真相。为此，有件事无论如何我都要告诉你……嫂子，在阔别二十年的今天，我终于决定和你谈一谈……

二十年前的当时，嫂子你对我来说，也是个遥远的女人。在我立志学医，为了读大学上京之时，你已经是哥哥的妻子，与哥哥结下了幸福的——不，是乍看很幸福的羁绊……哥哥年长我六岁，幼时父母双亡，我们由小田原的叔父夫妇收养长大。与耿直不谙人情、头脑不灵活的我相比，哥哥从小做什么事都聪明机智，才华横溢，明治末年（1911）上京，大学一毕业就成为官吏，娶了你——在东京也屈指可数的纺织品批发商的独生女为妻。我来到东京，租住在小石川就读大学时，已是你们结婚的翌年。

我时常去哥哥家，与你会过面，彼此也交谈过。做了官吏的哥哥，比在乡间时看起来魁梧了许多，这是因为他得到了你这样重要的存在。即使在结缡未几的当时，你的神情举止与其说是天真烂漫的新婚妻子，不如说更像是长期支持丈夫的贤妻，以过于文静的目光在哥哥身后凝视着他。尽管如此，你微笑的时候，唇边还是会偶然流露出天真的羞涩感。在刚来东京不久的我眼中，你美得沁人心脾。

后来想来，具有讽刺意味的是，在你我之前起到牵线搭桥作用的，正是哥哥自己。

一年平安无事地过去，大正三年（1914）的夏末，哥哥在享受马术之乐时坠马骨折，必须住院半年才能治愈。住院数天后，哥哥对前去看望的我说："顺吉，不好意思，这段时间你从大学回来时，能不能顺便去一下我家里，看看杉乃的情况？虽然有个下女清在，到底是个小姑娘，指望不上……实际上上个月底，杉乃试图自杀过一次。"哥哥说出了令人意外的话。

我吃惊地追问事情经过，哥哥以少见的黯淡眼神说，自己从前年开始在谷中的杂院蓄了一妾，今年春天，那女人产下一男。此事在杉乃面前败露后，她看来只是默默地忍耐自己的品行不端，但八月底时，她突然试图用剃刀割腕。由于自己恰巧发现，未致大碍，但非常担心会不会再度发生同样的事情。

虽然惊异，但我也想起了一件事。八月末，阵雨过后我回到租来的住处时，听说有个自称我嫂子的人在雨中来访，一直等到刚才才走。可能是我们擦肩而过了吧。我走进房间，榻榻米上还留着水迹，矮饭桌上用雨露写着你的名字杉乃。那时我只以为你是为了避雨顺路歇脚，听哥哥说同一时间你企图自杀后，我猜想你来访是为了坦白说出痛苦的心情。那用雨露写成的名字，若断若续，行将消失，也仿佛在诉说你生命的脆弱。

翌日从大学回来的路上，我立刻去拜访你。哥哥当然不用说，全心信任我才会将你托付给我，而那个时候的我，也还没有察觉到沉睡在内心深处的对你的心意，更未想到我是个多情到甘愿背叛哥哥、投身于罪恶之炎的男子。

你和哥哥的家在本乡的僻静之处，可能因为黄昏时分还未点灯，令人感到主人不在的寂寥，联想起结于某处野地上的草庵。这或许是因你爱好铃虫¹的音色，为了吸引秋虫聚集，特意不修剪庭院中的芒草和芭茅，任由庭院荒芜，杂草丛生的缘故吧。

我透过方格篱笆向里窥望，只见你穿着白底碎花的夏衣蹲在庭院一角。我出声唤你，却没有回音，直到我踏进庭院，你蹲着的背

---

1 又名金钟儿、金琵琶，鸣声为"铛、铛、铛"，如风拂铃铛，清脆而带颤音，十分美妙。

影依然如睡着般安静。我忽然感到害怕，仿佛只要伸手一拍，你那微微发白的身影就会化为虚幻，消失在笼罩的暮霭中。我只有沉默地伫立不动。

过了很久，你终于站起身来，十分自然地回头看着我："我知道你来了。我听到了你的声音和脚步声……可是你的脚步声听来就像在梦里一样，我突然害怕起来，没有勇气回头。"

然后你又说，因为今天头痛，希望明天再来一次，不，不只明天，能不能这段时间常来走动。一个人很寂寞，顺吉你若能来，或许可以为我解闷。

你的话就像和哥哥商量好了似的，我用力点点头。

"很荒凉吧？"你像是突然想起一般，环顾着庭院，"不过，有一只铃虫在暗处鸣叫。听见了吗？"

被你一问，我侧耳倾听，似乎从某个杂草丛生、宛如野地之处，响起轻轻的虫鸣声。在这夏日还未过去，仍会沁汗的傍晚，那音色冲淡了杂草犹带绿意的夏日气息，令庭院骤然加深了秋意。

"你知道是在哪儿叫吗？"

"不清楚……听音色相当遥远。"

你舒展了眉头，微笑着说："这里……"将团扇贴在胸前。

接下来的刹那，你突然将手伸向我，引导我的手穿过白底碎花的和服衣襟，落入你的怀中。我还来不及吃惊，指尖已触到铃虫薄薄的羽翼，传来"铛铛……"的细声回应。我的手指摸索到的，仿佛是藏在你柔软胸怀里的暗之铃铛，正轻轻地摇动。我慌忙抽出手，将发烫的手指藏到背后。

一直纯洁微笑的你，看到我惊慌失措的样子，害羞似的呢喃了句无意义的话："真热啊！"然后停下将暮色扇到胸前的团扇，遮住胸口。团扇表面描绘的流水，将你的胸膛藏在背后，微微泛起涟漪。流水的波纹上浮起银粉，或许因晚阴中仍存有夏日的余晖，闪着耀眼的光芒，看来宛如一道流自你胸前的虚幻河流。关在你怀里的铃虫，依然响起缥缈的鸣声……

"你知道回去的路吧？"那个黄昏分别时，你唤住我问。

"只要回到来时的路不就好了？"

"嗯，可是你会不会忘记来时的路？"你提出令我难以理解的问题，将脸藏在团扇后，只露出眼睛，朝远方投出目送的眼神。

那是我来惯的路。当时我觉得你问得很奇怪，以后想来，你才是对的。嫂子，那天黄昏时走来的路，我再也回不去了。

那天晚上，我做了个梦。在茅草根下最幽暗的深渊中，覆着黑色潮水般的黑暗，有一只铃虫在那里鸣叫。那是只白得羽翼几近透明的铃虫，连鸣叫声也澄澈得透明。我向它伸出手去，一触到它的羽翼，铃虫就化为一团纯白的小小火焰，燃烧起来……太热了，我醒了过来。黄昏时由你胸膛传来的热度变得滚烫，与梦中火焰的余温一起留在我越发灼热的指尖，在那夜骤然加深的秋意中燃烧……
当我碰到你胸膛时，铃虫的鸣声缠住我的手指，摇醒了长久以来沉睡在我内心深处的对你的思慕……

"总觉得好寂寞……八月底拿起剃刀时也是这么觉得。那个时候万籁俱寂，毫不犹豫地就想用剃刀结束生命。"在我为了替你解闷而去看望你的第十天，你自言自语似的呢喃着。

说是替你解闷，但夜复一夜，你只是无言地闭上眼睛，倾听着秋色日深的庭院里传来的虫鸣，我也透过庭院里的虫鸣，默默侧耳倾听潜藏在你怀里的那只铃虫缥缈的鸣声……在下女清学针线回来前的约一个小时里，我们就只是这样坐在无灯的窄廊上。从那个黄昏留在我指尖上的灼热，被初秋的凉风包围着，不但没有冷却，反而像埋在灰里的炭火，热度凝聚在最深处。我注视着你过于宁静的侧脸，好几次不得不将手指藏在袖兜里。

"你听说了吧，我曾经企图自杀……我知道，你是忧心我的生命才来看我的。"

"还是不能原谅哥哥吗？"

"不是那样的……顺吉，我不是因为爱你哥哥才嫁给他的。我生活在城市里，从小不谙世事，只是遵从父母之命……然后，在我一次都还没爱过他的时候，那个人就死了。"

"哥哥还活着。到过年时身体就会恢复如初……"

"但在我心里他已经死了。在我一次都还没爱过他的时候……想到这里，忽然就寂寞起来……"

"如果真是这样，寂寞的应该是我哥哥。"

"不，寂寞的是我……我和你……"从你唇间自然流出的声音，像是连你自己也吃了一惊，禁不住回过头，想从我的眼神中确认自己是否真的那样呢喃了。我用眼中的笑意掩饰过去。

你忽然拿起我手上的德语字典，翻着书页，冷不防地问："'接吻'是哪个词？"

我找出你问的那个单词指给你看，手指禁不住颤抖。

"怎么念？"

"……Kuss。"

"怎么说得好像呼吸困难的样子？"

"没有……"

"为什么？"

"只是……有点难为情。"不知所措下，我脱口说出真心话。

"又不是什么可耻的词……在相爱的男女之间，毋宁说是个美丽的词。"说着，你用小指端沾一沾唇上的口红，缓缓在我下唇上涂着。

薄云不断地流动，夜影的衣摆被月光揭开，转瞬又笼罩在淡淡的黑暗中……庭院在光的浓淡中不断变化，随着光的波涛，庭院的虫声涌向我们坐着的窄廊。

"怎样，很美吧？"你咬着收回的小指，眯着眼睛，似在确认我唇上口红的模样。你那透明的影子渐渐融入微光中，我凝视着你，沉浸在不真实的静寂中，小指擅自动了起来。

我沾一沾你涂在我下唇上的口红，让它回到你的下唇。就这样，我们借着一抹口红交换接吻。在我心中紧绷的东西冲破小指，流淌出来。

"为何表情这么难受？"

"手指很热……一直很热。"

"是痛，那是……痛到发热。那个黄昏，你的手指被切断，落在我怀里……是我切断的。"说着，你带着苦涩的神色破颜一笑。

"我很狡猾呢。明明一点也不爱那个人，却一直假装了三年……在我心里那个人已经死了，现在活着的是另外一个人……一个月前下阵雨那天，我想见你，去了你租住的地方。"

"……"

"然后，十天前的黄昏，终于见到你了。我真的很狡猾。你为什么总把手指藏在袖兜里，我也早就知道了。"

"你察觉了却沉默不语？"

"不……"你轻轻摇头，"我怀里的铃虫鸣声应该已经代替我清楚回答了。借着藏在袖兜里的手指和潜在怀里的铃虫声,这十天来,我们不交一语,却一直在秘密相会……"

意外地知道了你的心意,我与其说是喜悦,不如说被突如其来的悲哀所侵袭,我用更加难过的眼光凝视着你。你避开我的眼光,将视线抛向庭院中的黑暗。

"顺吉,你是为守护我的生命而来的吧?那么请你此刻也守护我……守护此刻,这一瞬间的生命……你第一次来的那个黄昏我也想自杀,是你的脚步声救了我……你能不能再救我一次?为此你或许会丧失一切……但能挽救我此刻的生命。"

过了许久,我点点头。或许我回答的不是你的话,而是你怀中溢出的铃虫鸣声。我的最后一滴灵魂从手指的破处流了出去。

不久,月儿隐入云间,你的脸湮没在黑暗中……然后你说:"我已经吩咐清从今晚起迟点回来。你进来吧!"

我那变得空空荡荡的身体被你的声音牵曳着,迈过窄廊,跟在你身后,正要踏进没有亮灯的房间时,你突然背手关起近在我眼前的拉门。

"为了我的生命,你真的能舍弃一切吗?"隔着拉门传来你微带紧张的声音,"若是做得到的话,就请打开拉门。不过……不过现在回头还来得及。"

我毫不犹豫地打开拉门,背手缓缓关起来。庭院里的虫声远去了……只有你怀里的铃虫还在黑暗中铛铛地响……"是我引诱你的，请你记住这一点。"你流下泪来。我默然摇头，将手探入你怀中。那被你切断的手指自行寻求着我的手，将它牵向你的胸膛……就这样，我背叛了胞兄，犯下了可怕的通奸罪。

"那个人已经死了。在我的心里已经死了。"那一晚，第二晚，第三晚……你都这样喃喃自语着，仿佛在为罪恶作辩解，然后委身于我。

月光苍白的涟漪漾在榻榻米上，映出你的几缕黑发。铃虫的鸣声听来就如埋在你身体深处的铃铛在摇动。

"到那个人出院之日为止……"你要我坚定发誓。我也想在那一日到来之前，一直欺瞒哥哥和世人的耳目。事实上，当清学针线回来时，我又回到了窄廊上，佯若无事地看书。之后去医院看望哥哥时，我也厚着脸皮笑着告诉他，嫂子很好。那一夜，在打开拉门的同时，我已经舍弃了迄今为止的自己。原本从不会撒谎的我，为了对你的爱，可以坦然说出任何谎言。

而实际上，如果没发生那件事，年底时我们就会在无人知觉的情况下断绝关系，我的余生都将只为忘怀这个美丽的秋天而活。但我能欺骗哥哥，欺骗世人，欺骗一切，唯独无法欺骗命运。——随着秋意渐深，从你身体深处流淌出的铃声越发清澈，我侧耳倾听着，却未曾发现那是栖息在你体内的小生命的声音。

嫂子……就这样，晓介作为我和你私情的证据来到这世上。这二十年来，我一直忍耐着身为父亲却不能接近晓介的痛苦……但迄今为止，我一次也没后悔过大正三年（1914）的那个秋夜。我后悔的是第二个月里太美的夜晚。

第二个月过去，进入腊月不久，你脸色苍白地告诉我，你有了身孕，从一个月前就开始担心，已经不会有错了。这时我也没有后悔。尽管吃惊，但即使因通奸罪遭到起诉，在世人面前出乖露丑我也忍耐得住。如果真是刚好三个月的胎儿，不可能假称是哥哥的儿子，在受孕怀胎的半个月前，九月中旬开始哥哥已经住院了。

"但我会骗过那个人，当作他的孩子生下来。"听你这样说，我也只能默然点头。你说从春天知道丈夫另有女人开始，晚上就没再和他同床，但就在他摔断腿骨前不久，曾有一晚喝得酩酊大醉迷迷糊糊地回来，当晚不用说也是分居而睡，但可以推说是那晚有的，设法欺骗过去。以前丈夫也曾好几次酒喝得迷迷糊糊时向你寻欢，应该不会怀疑。他是九月中旬住的院，虽然受孕时间上有半个月的差异，但找个地方异地生产的话就不会被发现了。

我们两人都脸色苍白，但你尽管嘴唇在发抖，语气却十分急迫，显示出作为母亲一心想守护腹中生命的决心，我一横心，低下头说："那就这样办吧。"

事实上，哥哥曾经一度相信过你的谎言。腊月中旬你在医院告诉哥哥有了身孕时，他笑逐颜开，可是几天后，他就知道了真相。

那天上午去医院的清样子很反常，哥哥便盘问她，得知深秋的一夜，清比平时提早学完针线回来，透过黑沉沉的拉门看到了什么。不仅如此，哥哥还从清的口中得知，烂醉而归的那晚，自己是和太太分开睡的。

清从医院回来后，因为她的样子很可疑，这次轮到你逼问清，问出了哥哥已经知悉一切的事情。恰好那时我偶然来访，站在玄关，你让哭倒在榻榻米上的清退下，用像要把我贯穿的眼光盯着我，突然问："顺吉，你说过愿意为我而死，若有那样的心意，能不能为我放弃大学，舍弃医术之路？"

等我点头后，你将刚才从清那里问出的事和盘托出。"不过不要紧，那人唯恐这么羞耻的秘密被世人知悉，会把我腹中的孩子当作自己的孩子生下抚养，他就是这种人。就算他会恨我一辈子，只要能把我们的孩子养大成人，我可以忍受那样的一生。但不光是我……那个人也会一辈子都不原谅你。"

你说哥哥一定会停止支付我的学费，逼我从大学退学，彻底毁掉我的前途。不如在那之前主动退学，在下町你认识一对经营药材的老夫妇，可以暂时去那里帮忙，顺便考虑将来。

"我知道了。"我沉默地低下头。既然哥哥已经知道真相，我也无颜再与他相见。

你被推入绝望的深渊，反而镇定沉着，眼神平静得过分。"现在是我们最重要的一刻，可能我们一生都再不能见面了。"

确实如此，但我们似乎不能相信突如其来的别离，只是默默地坐着，垂下视线望着榻榻米。庭院里的冬草已经枯萎失色，我蓦然想起不过一个月前的晚上，你离开我的身体时，宛如自言自语般念的一首和歌："相思多烦忧，此身宁化为夜露，野地逝无踪。他年草叶青青处，临风谁复有余愁。"

我不知道那晚你为何会念起这首和歌，也不知道为何分手之际会想起这件事。从秋末最后的铃虫鸣声消失时开始，我已预感到我们的关系将会以不幸而告终……"我会把生下的孩子当作是你生活下去……我现在也爱着你。"我站起身时，你的眼神依然缠绵不舍，从抽屉里取出一个土制的铃铛，握到我手上。我再度沉默地低下头，离开了你的家……就这样，我和你之间结束了。

我依照你的安排，放弃了学医的道路，投靠药店的老夫妇。收到即将出院的哥哥寄来的信时，已将近那年除夕。哥哥在信上简洁地声明和我断绝兄弟关系，并说小田原的叔父和杉乃的娘家也都传过话来，因为我在大学的不检点，害他们走到哪里都颜面无光。今后不光自己一家，所有亲戚我一律不得接近。哥哥的笔迹不像他的体格，有点神经质般的纤细，看来就像被气得发抖似的。

看到这封绝交信，我下定决心，就如那首和歌一般，成为人生野地上的一滴露珠，做一个见不得光的人，不被任何人所关心地生活下去。事实上，几年后把我当作亲生儿子般疼爱的老夫妇去世后，我也一直在这下町的一角做着琐碎的生意，没有娶妻，也没有接近任何亲戚，孑然一身，活到如今。

听别人说，翌年初夏，你在异地伊豆平安生下孩子，之后哥哥终日流连于妾侍的家，不把你和晓介放在眼里，只疼爱妾侍生的儿子，对晓介则冷漠苛刻。

在樱花烂漫的坡道上看到牵着你的手，迈着小步上坡的晓介后，我也曾有一阵子割舍不下血缘的羁绊，在放学时间藏身在学校的隐蔽处，偷偷看那孩子走出正门的样子。但那也只是远远地窥看而已，不久连这也放弃了，只为坚守哥哥的嘱咐。实在太寂寞的时候，就摇动你送我的土铃，只凭着铃声的慰藉活过了二十年。

不……嫂子，让我说出事实吧。我就是为此才提笔的……我所写的二十年，是到今年夏天为止。可能你不知道，今年七月初，我见过一次晓介。不只是那一次，从这次的事件发生前六天开始，我瞒着你和哥哥，每晚和那孩子见面。——但那也不是我违背了哥哥的嘱咐。今年七月，在一个盛夏的闷热午后，晓介自己突然来找我。

"我听家母说过叔叔的事。"晓介说着，舀起一勺刨冰送进嘴里，露出一口雪白的牙齿微笑。刚才他突然拉开玻璃门走进来，手里拿着类似海军士官的学生帽，很有礼貌地低下头说："你是叔叔吧？我是村田晓介。"我一时认不出他是谁，茫然地站在门口，那时他也向我露出同样的微笑，仿佛是再次打招呼似的。他比我上次在品川火车站见到时又壮实了一圈，皮肤晒得黝黑，个子已经比我高出一头，完全长成了一个健壮的青年。我甚至来不及惊喜，一心只想着不能让他干站在屋里，于是慌忙趿拉上木屐，把他带到附近的刨冰店。

"是母亲告诉你我住在这儿吗？"

"是的。好多年前她就说过叔叔住在这里……我还听她说，虽然你和家父因为争吵而分开，断绝了兄弟情分，但你是个非常和善的人，错的是家父。我很早就想和你见一面，今天刚好来这里看朋友，就顺便过来了。"

"不，错的是我……"

"可是家父是那样的一个人啊……"晓介的眼里蒙上了阴影。

前年，我在街上偶然碰到清，她想要躲开，但我捉住她，硬逼着问出许多事来。清在大正末年（1925）结了婚，之后也每天上午到本乡的哥哥家里帮忙家事。听清说，哥哥对晓介的苛待比谣传的更严重。从小只要犯了一点错，劈头就骂，扬手就打，不是关到壁橱里，就是不给饭吃，要不就是罚在院子里站到深夜。清也曾被派到妾侍的家里做过事，哥哥对妾侍的孩子百般娇惯，每天都买玩具和衣服给他，但这十几年来，从未听过哥哥对晓介有一句好声气，晓介无论做什么事都一律反对。前不久听到晓介说希望学习医术，哥哥气势汹汹地大发雷霆，说"不准学什么德语"，还把字典和书摔到院子里。——知道内情的清这样说。

哥哥一定是借着晓介的身体向我报复的。听到晓介想学医的话，看到晓介钻研德语的身影，哥哥见到流的是我的血，而他憎恶这样的血。

清说："每当这个时候，太太就无可奈何地躲在里间，一个人默默忍耐。"她说因为太太一直在背地里流着泪庇护，少爷性格并不乖僻，正直地长大成人了。

确实，眼前的晓介虽然眼中不时流露出寂寞的阴影，但露出雪白的牙齿微笑时，给人的印象却是个明朗的青年，比一般人更魁梧、更出色。

"你多大了？"

"二十岁了。"

"那已经接受过征兵检查了。"

晓介与那时的我同年，比当时的我壮实一圈，细长的眼睛像极了我，但与我不同的是，他的眼中充满精悍之色。我怕提到我和哥哥、和你的话题，便问他大学生活的种种情形。

"我听到了铃声呢。"晓介忽然说。

我从磨破的斜纹和服的袖兜里拿出土铃，摇给他听。

"很好听的声音。"晓介像是被铃铛的声音吸引住了，目光也澄澈起来。

铛铛……铛铛……这清脆的音色真像铃虫的鸣声。在我手指上摇动的小铃仿佛是一条细线，联系起二十年前那个遥远的秋夜。

"是的，这是你生命的声音。"我很想这样说，但拼命忍住了。不久，我最后摇了摇铃，就像是作为分手的信号。

"我还会再来的。"晓介站起身来。就在这时，刨冰碟子掉到地上摔碎了。晓介想捡起碎片，却不小心割到小指，指尖上渗出鲜红的血。我急忙想去拿药，晓介却在这时咬住了指端。这个细微的动作顿时将我的记忆带回到二十年前的那一夜。之前因为晓介黝黑的皮肤和精悍的眼神，我一直没有注意到，但此时凝神细看，他的嘴唇有着如同女性的柔和线条，就像是原封不动地摹下了你的面影。经过了二十年本应消失的东西，蓦然在我的小指上复苏了。这时，我的手指也擅自动了起来。

"能不能让叔叔来施个咒？"说着，我用自己的手指沾上晓介指上的血，像涂口红一般，伸手将血描到他的下唇上。"就这样数到二十吧。"

晓介把学生帽低低地压到眉眼，从帽檐下只看到他的嘴唇在动："一……二……"

望着他数数时，他的唇和二十年前那一夜你的唇渐渐重叠在了一起，尽管太阳还挂在西边的天空，我却感觉苍白的月光照射进来……

"十……十一……"晓介还在一个一个数数。我在心里对自己说，这就够了，二十年来的忍耐，已经全部得到回报。

"以后不能再来了。我和你父亲已经断绝了关系，和你的缘分也断了。"我从店里拿来药替晓介涂上，送他到黄昏的小巷，对他这样说。

目送着他在木屐声中远去的背影，我想，他已经长得这么大了，不管他是在怎样的情形下长大的，那时哥哥一句话就可能葬送在黑暗中的生命，竟然得以来到这个世上，而且长得这么大了……从还残留在我指尖上的那孩子的血，我感觉到生命的尊严，也感到对哥哥的歉意，不管怎样的痛苦，那孩子都能忍耐，并且出类拔萃地生活下去吧。我在心里坚定发誓，再也不和晓介见面了……

嫂子，就这样，夏天过去，秋风又起，秋色也日渐深浓……事件发生的六天前，晓介又一次突然来见我。他从夏天起和银座咖啡馆的女侍相恋，当然遭到哥哥的强烈反对，他也曾想姑且遵照父亲的命令就此作罢，但想法和感情却是两回事，在想忘而无法忘怀的思念中饱受煎熬。他说有生以来第一次强烈地顶撞哥哥，哥哥把茶杯朝他扔过来，他的眉端还留着一道伤痕。

我惊异于如此雄健的青年也有无法割断恋情的软弱，但这也正是曾迷恋过一个女人的我的血。哥哥反对也未必是因对方身份卑微，而是从晓介的激情上看到我的血——再一次地，我推想着哥哥的心情……与女侍相恋并不是不道德的恋情，想到二十年前自己那段恋情的苦涩滋味，我很想设法成全他们，可以的话，我甚至想向哥哥下跪请求，但纵有此心，不用说我的立场也不容许我这样做。

"我也想过干脆离开这个家，但一想到母亲，我就做不到了。"我默默地聆听着晓介的牢骚，这是我唯一能为他做的了。尽管如此，或许因为向我倾诉后心情多少畅快了一些，第二天、第三天，晓介也来了。

这样一来，我也不知不觉一心只期待着那孩子到来的时刻。尽管欺骗了哥哥的负疚感又一次折磨着我，但一看到那孩子站在玄关就禁不住喜形于色。在狭窄的单身汉家里，连一杯茶也招待不了，我就去附近的粗点心店买来孩子吃的扭麦芽糖和金平糖作为补偿……

这是事件发生前两天的事。已近黄昏时分，晓介依然恋恋不舍，忽然像是自言自语地说："要是叔叔是我真正的父亲就好了。"

我正在用纸捻通烟袋的手指停了下来，回头眯起眼睛，用异常恍惚的视线望着晓介问："如果叔叔是你真正的父亲，你会怎样？"

晓介没有回答，只回以与我一模一样的恍惚眼神。

"叔叔来说个有趣的谎言如何？晓介，你是叔叔的儿子啊！"一句而已……真的只说了这一句，紧接着就用笑声否定了。

"叔叔一直一个人生活，哪怕是谎言，也想这么说上一次，就是这样而已。"然而，我的话音还没落，晓介就用寂寞的声音说："有时谎言说的也是事实。"

小巷里掠过清理烟袋的小贩响起的汽笛声[1]，后院的围墙下，凋零的牵牛花破碎的朽叶上，一只红蜻蜓停在上头扇着翅膀……我们长久地默默注视着榻榻米上彼此朦胧的影子，下町的黄昏，只有汽笛声随着秋日的晚风远去……只有寂静……那是第一次，我和那孩子以父子相称。不，说到底，这样称呼的只是那孩子而已。

"我知道叔叔是我真正的父亲。上大学前母亲告诉我的。还有二十年前叔叔和母亲之间发生的事……父亲为此对我冷淡的事……但母亲说无论发生什么事，都不能去见真正的父亲。父亲把身为罪孽之子的我当作自己的儿子抚养长大，这是莫大的恩惠……"

"不，那是谎言。你母亲只是因为同情你被管教得太严厉，才

---

1 这种小贩名为"罗宇屋"，用小型锅炉冒出的蒸汽清除烟袋内的积油时，会响起类似汽笛的"bi——"声。

会说出这样的谎言……绝对是假的。"直到最后我也装作一无所知，让晓介回去了。

晓介回去时，说他明天还会再来，我也点点头。我已经下定决心，明天将是最后一次和晓介见面，这一次是真的终生不再和他相见了。不是因为惊讶于他知道我是他父亲，而是他知道却不恨我，还对抚养自己成人的父亲怀着歉意，到今天为止他一直装作一无所知地叫我叔叔，但在这称呼的背后，却把我当作真正的父亲来敬慕。想到这里，就觉得只有这孩子最可怜，不为别人，就为了这孩子，今后也不能再见面了。为此我甚至想，要去一个遥远的地方。

但那天晚上，我想起了一件事，翌日清晨，我留了一张字条给晓介："今天突然有事要出门一整天，明天再来一次好吗？"我把字条夹在玻璃门缝里，离开了家。我拜访了听说住在汤岛的清，又坐上开往新桥的火车，第二天一早再度回到东京。

那是事件发生那天的早上。

那天恰好正是故世双亲的忌日，我从车站走向仙觉寺，在那里见到了你。你从寺里出来后，我也去扫了墓，然后为了替傍晚来的晓介买酒，走到附近的酒铺时，刚好再次看到你从那家酒铺出来。目送你抱着酒瓶离开后，我也买了酒回到家，因为今天是最后一次见面，我从附近的洋食店买来料理，像招待客人那样摆在脱了漆的矮饭桌上，等着那孩子到来。

秋日的暮色低垂时，晓介来了。我请他喝酒，然后缓缓说出那句话："以后还是不要再来这里了。"

听了我的话，晓介并不太吃惊，但隐约泛起泪光，点了点头。和我约定今后不再相见后，他自己拿起酒杯，喝了一杯又一杯，故意开朗地唱宿舍之歌给我听，但没过多久，当没有灯罩的电灯泡将秋夜映得发白时，他已经酩酊大醉，躺在榻榻米上。我不可能留他过夜，因此向附近的车夫雇了辆双座的人力车，将他送回本乡的家。

二十年不见，你的家一如往昔，夜影重重，庭院的铃虫也与二十年前一样，铛铛地唱着秋歌。但我无暇沉浸在怀念中，背起醉得不能动的晓介壮硕的身体，把他送到玄关处。

然后，以那一夜为界限，我决心与你，与哥哥，与那孩子……全部永远断绝缘分。为此，我准备将那土铃还给你，让坐在玄关玻璃门脚下酩酊大醉的那孩子握在手里。但他已醉得软弱无力，手指好几次把铃铛掉落在石板上，我只得放弃，将土铃放回袖兜。

这时，可能是听到了动静，玻璃门的内侧亮起灯光，浮现出一个看似是你的身影。我慌忙离开那里，在回家的路上，把土铃丢进河里。二十年来一直鸣响的土铃离开我的指尖，曳着最后的铃声划过河面，不久沉没在黑暗的流水中。我的人生也已一无所有了。

嫂子……那时是晚上九点。根据报纸的报道，晓介"大醉回家，径自摇摇晃晃地走到厨房，抓起对面的菜刀，刺杀了饭厅里醉卧的父亲村田晓一郎"时，正是晚上九点。——所以嫂子，晓介绝对不可能刺杀哥哥。烂醉到那个地步的晓介，怎么能走到厨房？连土铃都握不住的手指，怎么能握住菜刀？是别人……别的什么人杀害了哥哥，把烂醉的晓介搬到他旁边，制造出晓介染血的手握着菜刀的假象，然后叫来巡警——嫂子，这个别人，不用说就是你了。

……那天早上你拜祭坟墓时，必定已经计划好杀害哥哥，然后嫁祸于晓介。为此你买好了酒，但那晚晓介刚好烂醉而归。你自然不可能知道，是我请晓介喝的酒，替你的计划省下了功夫。我在偶然间给你可怕的犯罪助了一臂之力。

但那天晚上我请晓介喝酒是另有理由的。——还有一个……我相信晓介无辜的理由是，事发前几小时，我把那件事告诉了他。听到那件事的晓介，明白了这二十年来真正错的不是哥哥，而是嫂子你。所以他即使杀了你，也不可能会杀哥哥。

……在晨雾中向坟墓合掌拜祭的你，那宁静而逐渐老去的侧脸真的很美。但同时那样的你，也比任何女人都要污秽……都要丑陋。

前些日子，听到晓介偶然低语"有时谎言说的也是事实"时，我想到了一件事。为了查明那件事，我去见了清，又访问了二十年前你生下晓介的伊豆旅馆，从当时的经理那里问出了一个可怕的事实。但我无论如何也无法相信经过二十年才查到的事实，因此我决定用晓介的身体做个试验，请他喝酒。我知道这不足以成为证据，但必须一试。

然后……晓介如我所料，酩酊大醉，躺在了榻榻米上。我从他的样子上清楚看到了哥哥的……酒风很差，一喝醉就人事不知的哥哥的血。我清楚看到了哥哥的面影。——是的，嫂子，晓介不是不义之子……他不是我的孩子。就如同世人所相信的，那孩子是……嫂子，是你和哥哥所生的孩子。

那是嫂子你对我哥哥村田晓一郎持续了二十年的报复。结婚仅一年，他就背叛你这新婚妻子，在外蓄了一妾，还和那个女人生下孩子，你要对这样的丈夫进行报复。那是你对一个让你痛苦到以剃刀割腕企图自尽的男人的复仇。你小心谨慎地退在丈夫肩后，举止如同一个贞淑的妻子，但在你那美得透明的容颜背后，二十年来一直燃烧着对丈夫的憎恶。我和晓介都被你那如蛇芯般燃烧不止的憎恶所利用，成为牺牲品。

"有时谎言说的也是事实。"晓介这样低语时，我忽然想起了二十年前你说过的话。"我和丈夫一直分床而睡，但有一天晚上他喝得烂醉而归，就说那天晚上他抱了我好了。"那个时候，你也是假装说谎，实际上说的是事实。你不肯原谅丈夫，一直拒绝与他同床，但哥哥那晚借着醉意真的侵犯了你。你可能抵抗过，但无力抗拒丈夫那强健的体格。哥哥对那晚的记忆模糊不清也是事实。

如果说只有一个谎言，那就是那一晚不是哥哥入院前不久的那个夜晚，而是再前一个月，八月中旬夜里的事。那一晚的事让你更加憎恨丈夫，一时想不开乃至试图自杀，但没有死成。被强暴发生关系的那夜之后一个月，你发现自己体内已经孕育了一个生命。不，对你来说，那不是生命，只是污秽一夜的烙印，污秽男人的血。

如果……如果你早于哥哥纳的妾侍怀上孩子，或许你还会原谅他，把他当成一个生命看待。但妾侍那边先生了孩子，之后你才怀孕，就好像自己反而如同妾侍一般，满足于丈夫爱情的残渣而怀了孽种。这对身为大家闺秀、心高气傲的你来说，是很难饶恕的吧。腹中这块肉与其说是自己的孩子，不如说与那个女人怀的一样，都是丈夫污秽的种。你无论如何都想把那孩子葬送在黑暗之中——不是在出生以前，而是在出生之后。

世上常有丈夫把不义之子当作自己的儿子抚养的事，而你要反其道而行之，将丈夫的亲生儿子当作不义之子、罪孽之子来抚养。你看透了哥哥的性情，知道他会畏惮世人的眼光，将那孩子当作自己的孩子来抚养，也知道他会终其一生都憎恨那孩子。这样的对待就是你对丈夫最大的报复。

但如果那时你身边没有青年刚好适合当罪孽之子的父亲，你也一定会打消这个念头。可是你身边正好有个适合的青年，既木讷又纯情，只要稍微一点火，他就会连灭火的办法都迷失掉，引火烧身。你用铃虫的音色当小道具，巧妙地引诱了那青年，九月底时制造出有不义之子也不足为奇的状况……那个青年就是我。

九月中旬，我第一次去拜访你的那个傍晚，你蹲在庭前，那是因为你已经有了怀上哥哥孩子的征兆，觉得恶心吧。然后到了十二月，你告诉我有了孩子，并假称"三个月了"。与此同时，你又故意让清目击到我们的私情，借由清的口让丈夫知悉一切。我最后一次来访时，清哭着说已经把事情告诉老爷了，你其实说正在暗自欢喜，已经巧妙地把私情传入丈夫耳中了吧。

我和哥哥都被你轻松骗过，但你的谎言还有唯一一个重要的证人。那不是别人，正是你腹中的孩子。你与我共度的那夜，和你与哥哥共度的那夜有将近一个半月的时间差，临盆之际，任谁都会发现这个差异。对我，你装作爱我，把我支到这下町就行了，而你最需要瞒骗的是哥哥……但这也很容易。站在哥哥的立场，他不愿被世人知道这是入院以后才有的孩子，因此你提出去外地生产时，他想必也会赞成。而对你来说，你担心哥哥发现这是入院以前有的孩子，是他的亲生儿子，因此你动身去伊豆，以便让他认为孩子比实际晚出世。

经过了二十年才第一次起疑的我，前往伊豆，从旅馆经理那里打听出那孩子是在五月底梅雨将至的时节出生的，他说是个健康的婴儿。如果那是我的孩子，时间也太早了些，从你我第一次犯罪那晚算起，只有九个月大。——那一个半月的差异你在外地修正过来，然后将孩子带回东京，开始了你将近二十年的报复，直到最近的事件发生。

我听清说，每当哥哥开始打骂孩子时，你就把自己关在里间。听着丈夫虐待自己亲生儿子的声音，在谁也看不到的隔扇背后，你究竟是什么样的表情？你那美丽娴静、仿佛很爱孩子的面孔下，还隐藏着一副怎样的女人面孔？我想象不出。你是准备有朝一日向丈夫公开真相，在丈夫发现自己做了无法挽回的事而惊愕时，欣赏他那因痛苦而扭曲的脸，还是打算一直骗到他死为止，一个人冷眼旁观丈夫冷漠地对待亲生儿子的模样和声音？我也不知道。

总之，你把我、哥哥和晓介一直骗了二十年，因为某件事的契机，你要将大正三年（1914）以来拖得太漫长的憎恶做个了断。这个契机不是别的，正是晓介爱上一个女人的事。一无所知的哥哥把晓介的激情看成我罪恶的血，但在你眼中，晓介迷恋一个卑微少女的样子却映出了完全不同的意义。那是多年以前，一个结缡未几就背叛了新婚妻子，在外渔猎女色的污秽男人的血。你在晓介的身上看到了二十年前丈夫的影子，对自己亲生的晓介残留的感情也消失了。你决心利用晓介正是承继了父亲的血而有的酒癖，埋葬丈夫，同时埋葬晓介。——这就是这次发生的事件。

或许是你想把二十年的憎恶以这样的形式做个了断，然后独自一人安静地度过短暂的余生，那天早上，你在村田家祖先的墓前合掌拜祭，为的是向丈夫和儿子相连的那条血脉永久告别。那张在晨雾中过于宁静的脸，以及隐藏在那背后的一张谁也不知道的脸，嫂子，那就是你。……你杀了哥哥。

但在真正的意义上，被埋葬的与其说是哥哥，不如说是我。我相信了你的谎言，二十年来一直过着不属于自己的虚假人生。我全靠你送我的那虚伪铃声苟活于世，这样的人生到底算什么？如今，铃声已沉没在黑暗的河中，我的人生还剩下什么？

"相思多烦忧，此身宁化为夜露，野地逝无踪。"如今，我终于明白你呢喃这首和歌的含义。你用这首和歌愚弄了我，我只是你这片广阔原野上的一滴露珠而已。"他年草叶青青处，临风谁复有余愁"——真的是这样吗？实际上，你是假装爱我，将我的人生轻蔑如一滴露珠，连一丝怜悯都不曾感觉到吧？还是说……在你计谋的背后，对我多少也有点真心？对于腹中的生命，你多少也想把他当作所爱男人的孩子，而不是憎恨的丈夫的孩子？

不过，这些都不重要了。虽说是你引诱了我，但我是用自己的手拉开那道关起的拉门，踏进了罪恶的房间。我和哥哥理当受到各自罪孽的报应。

可是……可是……嫂子，晓介是清白无辜的。是你给他生命让他来到这个世上，而他忍受着全是不幸的命运活到如今。他究竟有什么罪，非要遭到这样的报应不可？

嫂子，你成功地骗过了所有人，如果说你只犯下一个错误的话，那就是你忽略了，如果二十年来一直相信着一个谎言，无论怎样的谎言也会成为真实。在知道了事实的今天，我依然无法割断对那孩子视如亲生骨肉的眷恋。如果说如今的我还剩下什么，就只有作为父亲对那孩子的情意了。

晓介从我这里得知了自己真正的父亲是谁，此刻牢房里的他正深信自己过失杀害了真正的父亲，并因此痛苦不堪。一想到这里，我的心情就难过得无法形容……唯有那孩子，我不愿让他如一滴露珠般了此一生。

不，晓介已经背负了二十年黑暗的成长经历，纵然冤情得雪，或许也会和我一样，不得不在这人生野地的一角，独自一人凄寂地生活下去。但即使如此，我也希望至少用我的手给这滴露珠一点光亮，让它发出耀眼的光芒……为此，在经过了二十年的今天，我终于要向你说了……嫂子，希望你忏悔你的罪行，并拯救晓介……这件事……只有这件事……是因为你失去一切的我，唯一的请求……

宵待草夜情

（第三话·铃子）

一

大正九年（1920）七月，我回到睽违三年的东京。

改元大正后不久，我从美术学校毕业，画了几年没什么销路的画后，在三年前第十一届文部省美术展览会即将开幕之际，出于某种缘故决心从此封笔，离开东京。起程出发时，我心想大概再也不会回来了。然而当我在关西的堺市患上肺病咯血，却又奇异地怀念起东京来。我曾经以为客死异乡街头也无所谓，事实上，从名古屋辗转大阪、吹田、西宫的三年间，我总是在黑暗潮湿的小巷里彷徨，寻求一个将无用人生抛掷掉的地方。但当最后在堺市开始咯血，看着自己日渐苍白、失去生气的脸，我终究动了思乡之情。或许是因为真切地感受到死亡的阴影，我第一次对二十七岁的青春年华产生了留恋。

我生长在下町，每天经过一条种满樱花树的坡道去上美术学校。对那些昔日看惯了的风景，我并不是太怀念，反倒是只路过一次的地方，诸如柳桥附近夹在黑色围墙间的小路，背着箱笼的富山药贩和孩子们玩纸气球的河堤——可能是隔田川吧，这些回想起来如同埋在记忆的黑暗之中，只有模糊不清的轮廓的风景，却异样地牵动着我的心，令我饱受思乡之苦。

　　回到东京后，我住在一个名为"美好"的小旅馆里。这也是我上美术学校前经过一次的地方，位于临近×火车站的后巷里。虽然回到了怀念的东京，我却终日闷在小旅馆里不出门，只听着响彻小巷的蝉声和石板路上的木屐声度日。原本我就无家可归，也没有可以探访的亲戚。我自幼失去双亲，被在下町经营桐油店的祖父母收养长大，而他们也在我从美术学校毕业时过世了。听说我有一个寄养在别人家的弟弟，但我们在懂事前就已分开，我从未想念过他。

　　也有几个读书时代的朋友，但我把自己关在小旅馆的原因之一，就是怕出门时遇见从前的朋友。我不知道我为什么要回东京，不过，只是躲在旅馆房间里听着木屐声，我已能沉浸在住惯的旧地的空气中。木屐的声音丝毫不像外地那般刺耳，而是如铃声般优美。

　　回来后过了数日，当晚风吹动缀在七星草盆栽上的风铃，响起清脆的音色时，我走出小旅馆，迈向根萩町方向。因为打算翌日就离开"美好"，前往奥州一带旅行，我想在怀念的夜街上散散步。

来到一座名为水分桥的小石桥时，太阳已经西沉，一丝风也没有，我背上已经全汗湿了。不到四米宽的河道被这座桥分成两条支流，汇入海湾。其中一条绕去工厂街，另一条河边绵延着细长的繁华街。街的尽头是根萩神社，供奉着著名的水神，附近是从江户时代开始繁荣的门前町。据说直到天保[1]年间，海滨就近在眼前，如今每当工厂的噪声消歇时，波涛声依然隐约可闻。也许是涨潮时刻，河水上涨了，却在暮霭下纹风不动，只有一棵柳树从石头墙斜斜探出河面，枝条垂落水中，这才知道那是河流。

透过柳叶，可以看到小小的灯。圆形，略带红色，恰似烟火绽放后，散落的微暗火花。

从远处望去，恍如停在柳叶上的萤火虫，走近看时，才发现那是盏洋灯，挂在一栋比河堤矮上一半的红砖建筑的门上。我沿着石阶走下河堤，来到拱形门前。门上有块"入船亭"的招牌，看样子是家咖啡屋。近几年来，这种咖啡屋不光东京，大阪周边也比比皆是。虽然隐在河堤的背面，但周围都是灯笼铺、绘草纸铺这些留存江户时代风貌、富有门前町气息的店铺，显得这家咖啡屋总有几分不搭调。不过，或许是因为紧临的那片填海土地上工厂和商业公司

---

1 日本年号，1830—1844。

林立，这一带也日渐受到新时代浪潮的推动吧。

吊在自在钩[1]上的洋灯，在暮色中静止不动。即使凑近了看，那火焰也仿佛随时会消失在雾色和夜雨中一般，有种虚无缥缈的感觉。

就在我怔怔地望着那盏红灯时，门开了，出来一个穿开襟衬衫的三十五六岁的男人，有位女侍陪在身边。女侍穿着这个季节少见的绿色和服，就如雨后沾露的绿叶般鲜艳。

女侍撒娇地摇着男人的手说：

"我说啊，你还是放弃铃子的好。别看她长着一张温顺的脸，其实却脚踏两只船，在你和厂长儿子之间摇摆不定，真是个无情无义的女人。要不是她在中间碍事，我早在秋天跟厂长儿子结婚啦。"

说着，女侍娇媚地偎向男人的肩膀。男人把她推开，冲下石阶走了。女侍扬起一边眉毛，露出看似不怀好意的笑容，目送着男人白色的背影。当她终于发现站在门后的我时，慌忙堆出笑脸，掩饰眼中的狼狈。

"欢迎光临——"

仿佛被她的声音所吸引，我走了进去。店内格局呈扇形展开，比想象中更宽敞。外墙虽是红砖，内部却只是砂浆墙面和廉价的木

1　可自由伸缩的吊钩。

地板，分散摆着几张铺着白布的餐桌和藤椅。里头临窗的座位上，几名女侍围坐在两位只穿着浴衣、戴巴拿马草帽的客人身边。长方形的窗子上镶嵌着方格花纹的彩色玻璃，将还未完全沉落的阳光染成紫红蓝的色彩，如幻灯般在店里流溢。女侍们化妆化得雪白如蜡的脸，沐浴在五颜六色的光线里，虽然都在欢笑，看上去却宛如坐在曾经很受欢迎的活人画[1]舞台上一般，散发着寂寥感。

穿绿色和服的女人将我领到入口附近靠近留声机的位子，把我点的啤酒端来后便去了里面，换一个穿白底夏季斜纹和服的少女过来。她梳着我从小看惯的英国髻，蓝紫色衬领上以银线绣成的蜻蜓分外鲜明。

笑容可掬的少女，对衣着寒酸、看似一文不名的我也很殷勤地搭话。而我只是将脸藏在了无光泽的长发后面，阴郁而沉默。她大概心里有点发毛，起身走到留声机旁放唱片。

是《宵待草》，我在堺市也听过好几次的歌。梳英国髻的少女没回座位，就这么倚在留声机的喇叭边，跟着小声哼唱。也许是在咖啡屋待久了，无意识地玩弄鬓发的指尖带点稚气的味道。

里面的位子传来一阵笑声，我回头望去，戴巴拿马草帽的客

---

1 明治、大正年间流行的一种表演。即演员穿上适当的服装，在舞台背景前摆出静态的造型，达到人物画的效果。

人恰在这时靠向椅背，从原来被肩膀挡住的地方，现出一张少女的脸。

她局促地坐在像是大财主的胖客人身边，头靠着玻璃窗，微垂着眼，用纸捻替客人清理烟管。

我之所以注意到她，是因为在满场欢笑当中，只有她透着落寞的神色，仿佛一切与她无关。她的脸正映在玻璃的红光里，因为肤色很白，被迎面的晚霞染得越发娇艳。

梳着英国髻的少女似乎察觉到我的视线，走到里头跟她耳语了几句。少女把烟管还给客人，也没看我一眼，依旧垂着眼站起来，旋即悄然来到我桌前，有点拘谨似的在旁边椅子上浅浅坐下。

"会不会太暗了？"

她以这句话代替打招呼，然后从围裙的蝴蝶结下面掏出火柴，给桌上的三分芯小洋灯点上火。在这远离窗子的地方，从暗淡的玻璃灯罩里透出朦胧的灯光，照亮了沉淀在我们周围的夜色。少女此后再没说什么，我沉默不语，她也默默无言。她年纪在十七八岁，脸上的白粉让她有几分成熟模样，没化妆的皮肤却依然闪着幼嫩的光泽，犹如尚未染色的布料般洁白无瑕，愈显得眉墨和口红都太浓，不相称到令人心痛。然而仿佛是要打消这种年轻一般，在她半垂的眼上，白围裙下浅黄色和服的身影上，都笼着沉沉的暗影。近来常见的盖耳式发髻在静静地起伏，上面戴着赛璐珞的发饰。发饰是鸭跖草形状，很适合她。

　　少女沉默着用纤细的手指掩住双耳，像是表示不想听留声机传出的《宵待草》歌声，也像是在掩饰因酒力而晕红的脸颊。保持这姿势静谧不动的少女，有股剪影画般的风情。挂在背后墙上的八角时钟，钟摆在她发际附近无声无息地摆动。

　　"嗯？"

　　少女突然将手从耳边移开，朝我望来。

　　"你刚才说什么？"

　　我摇了摇头。

　　"这样啊，我还以为你刚才说了什么……"

　　我的嘴唇翕动过一下，大概她误会了。这个误会缓解了横亘在我们之间的尴尬沉默。

　　"你好像在等待着谁呢。"

　　这回换少女摇头。

　　"我没在等谁——你为什么会这么想？"

　　"《宵待草》这首歌，唱的是一个女人苦苦等待不可能到来的男人的心情。我觉得歌声像是从你的身体里流淌出来的。"

　　少女又摇了摇头。

　　"可是，你看起来很寂寞。"

　　"是吗？很寂寞吗……怎么会，我在店里很快乐。"

"可你一次也没笑过。"

"是啊，我在店里没笑过。"

少女依然是事不关己的口气，低下头去。

"不，我笑过一次。那个喝得烂醉的客人怒吼着要我笑——"

"那就笑一笑嘛！"

我戏弄般地冷冷说道。不知为何，我忽然起了种心思，想将这恍如忘记身在何地的寂寞少女，逼到更加寂寞的境地。

面对我突如其来的冷淡，少女似乎一时不知如何是好。她偏了偏头，迷惘地望着我，但终究垂下眼，挤出一个徒具形式的笑容，然后就这样凝固在那里。那笑容让唇上的口红越发浓得刺眼了。

"够了吗？"

一抹几乎隐没在口红里的浅淡笑意，留在少女人偶般的面颊上，然后突然想起似的给我倒了杯啤酒。留意到我额头的汗水，她又递来一条手帕。"还以为今晚会凉快一点哪。"

少女打开插在胸前的白扇扇了几下，很快又停下。再扇几下，很快又停下。她将白扇搁在餐桌上，好奇地偷偷瞄着我。我正想端起酒杯，她突然伸手过来制止了我。

"不行吧！你不能喝酒……"

我讶然地望着身旁的少女。听她的口气，似乎已看出我的病情。

"你这样的身体，恐怕不能喝酒吧？"

"你怎么知道？"

"因为同样的味道……今年二月，我的丈夫死于同样的病。我看护了他将近两年，记得这种味道……湿湿的、发馊的青草味道……"

比起看出我的病情，我更讶异于她年纪轻轻，就已经是寡妇了。后来我才知道，她出生于伊豆一个制作特色工艺品的手艺人家庭，十五岁那年嫁给小火车站的杂工。刚生下孩子没多久，丈夫就吐血病倒，之后将近两年的时间里，她一边在亲戚的药材批发店里当女佣，一边照顾丈夫。今年春天丈夫死后，她将儿子送给没有孩子的兄嫂做养子，自己来到东京，托儿时好友找到这家咖啡屋上班。

"让你想起不愉快的事情啦。"

少女摇摇纤细的脖颈。

"不是这样的。血是非常悲哀的颜色，那个人吐血时，把身体里的悲哀以那种颜色一点点吐出来……不知为何神色也变得异常安详，越来越苍白，澄净……最后安静地死去了……"

少女低语着，又垂下了眼。那双眼睛仿佛想看些什么，又害怕看到的全是黑暗寂寞的东西。正值青春妙龄的两年间，过的却是只看到丈夫血色的日子，她害怕无论看到谁，都会在不经意间发现对方体内流着那悲哀的颜色。

"要是我也能那样安详地死去就好了……"

我也如少女那般，落寞地垂下眼呢喃。少女突然抬起脸，好像听到了什么荒唐的话似的，用力摇摇头。

"不行，你一定要活下去……"

她首次向我投来有生命力的坚强眼神。鸭跖草发饰在波浪般的发际摇曳，闪着幽微的光。

当晚，我将少女带到一家纸拉窗临着河边的待合茶屋[1]——"水月"。咖啡屋打烊时，我半开玩笑地邀她，没想到她很认真地点头了。即便看到房间里铺着燕子花图案的华丽被褥，她也没有半点迟疑之色。但她说，这是她第一次来这种地方。

"那为何沉默着跟我过来？"

"是啊……为什么呢？真是不可思议。"

她的口气又像在说别人的事。

"我时常梦见萤火虫。萤火虫凭着一缕微光，穿过幽暗的河川，而我不停地追寻着——你邀我的时候，我忽然想起了那样的光。"

说完，她看到我额上的黏汗，担心地递出手帕：

"是不是发烧了？"

1　专供招妓游乐的酒馆。

112

我一把拉过她的手，把她推倒在榻榻米上。少女的身体软软倒下，宛如沉入水底的树叶。我的指尖没感觉到任何反应，仿佛掬过的只是一阵风。我撑起一点身子望去，少女斜垂着眼，目光已飘向榻榻米上的纹路。三年来，我第一次在抱一个女人前感到踌躇。

　　从她的侧脸来看，她并不是在拒绝我，而是闻到从我胸口漾出的阴郁气息，蓦然感到一阵安心，根本不在意即将发生什么。我恍然想到，少女会默默跟我过来，或许就是因为我身上染着和她丈夫同样的味道。在咖啡屋里时，她一发现我的病情，就主动拉近两人之间的距离，甚至靠到我肩上。

　　"笑啊！"

　　她似乎连男人正压在身上也浑然不觉，只是茫然地凝视空中。见她这样，我不得不开口。我无法拥抱一个表情如此寂寞的少女。

　　"笑一笑啊！"

　　少女不情愿似的摇摇头。

　　"这里不是咖啡屋……"

　　"所以你要笑呀。我不也不是客人吗？"

　　少女越发落寞地摇头，逃到电灯的暗影里。灯光映出一角淡黄色的衣摆，少女背对着我，一只袖子掩在身后，用以遮住自己白净的双脚。

看样子她像是后悔跟我来这种地方，但最后还是起身关了电灯。河边的光照在纸拉窗上，不知是灯光还是月光。榻榻米化为河面，在朦胧的光线中泛着涟漪，和服腰带变成墨色的影子，在河上潺潺流淌。

二

为了这个女侍，我改变心意，决定在东京多停留些日子。

每当蝉声绝迹，街道笼罩在夏日白色的暮霭中时，我就会怀念起入船亭门口悬挂的那盏洋灯，仿佛熟识已久似的。从旅馆的窗口望出去，除了石板路两旁鳞次栉比的住家，还可以看到天空的新月。这时我心头就会浮现起少女和服的色调，恰似在黄昏盛开的花儿。

追寻着昔日面影的少女，纵然近在眼前，也只是个淡淡的影子。但她以小小的灯火，填补了我吐血后内心的黑暗空洞。我并不是爱上了她，也不是同情她的境遇，只是每次亲近她，三年流浪生活里背负的影子就会和她背负的影子融为一体，令我觉得安心。

之后四五天，我每天都去入船亭，有时带那女侍去水月茶屋，有时在白天一起去看电影，回来的路上亲热地并肩而行，俨然便是情侣模样。

少女名叫土田铃子。

铃子容貌并不出众，但她那搽了粉般的雪白肌肤，和宛如蒙了层薄纱的淡灰色眼眸却很吸引男人的注意。虽然上班的时日尚浅，平常也不笑脸迎人，只是寂寞地沉默，也有好些客人为了她而来入船亭。

连续去了几天后，我才知道铃子在店里处境艰难。

店里有一个名叫照代的女侍，比铃子早工作一年，就是我初来入船亭的那个傍晚，在门前小巷跟客人说铃子坏话的女子。照代曾和附近铸造厂厂长的儿子，一个姓稻田的客人谈过恋爱，但铃子上班后，那个稻田似乎移情于铃子了。由于稻田的态度日渐冷淡，照代深恨铃子，对她百般刁难。还有一个叫片山的人也常来找铃子，他是附近那片填海土地上新盖起的商业公司的职员，五年前妻子去世，独自抚养两个儿女。据说因为铃子长得很像他的亡妻，所以来得很勤，还向铃子提过结婚的事。铃子也觉得两人同病相怜，对这个诚恳的公司职员不无心动。但照代为了出稻田被抢走这口气，总是从中作梗，片山也开始对照代的存在感到烦恼，最近渐渐来得少了。偶尔来一次，也因为在意照代的视线，没和铃子聊上几句就回去了。

告诉我这些事的，不是铃子本人，而是她去陪其他客人时替我斟酒的女侍。

"铃子小姐不应该在这种地方讨生活。她本来可以成为片山先生的好太太的……"

听她的口气，似乎很同情铃子。

我和铃子只是露水情缘，短短数日就会结束。我从未想过和铃子的将来，只想借着她点亮最后生命的灯。铃子也只是因为在店里日子难过，才会短暂地寄情于我这个过客。如果有可能，我希望铃子嫁给片山这个老实的公司职员做续弦，度过幸福的后半生。

那个叫稻田的厂长儿子，我在店里见过一次。第五个晚上，我来到入船亭时，铃子正在陪一个坐在角落的客人。因为刚好在一扇藤条屏风后面，只能隐约看到男人穿着衬衫的后背。铃子如常地垂着眼，男人也微低着头，静默不语的样子。店里人很多，留声机传出的《流浪之歌》和客人的笑声混在一起，男人似乎在吸纸烟，烟雾静谧地升向天花板。

铃子发现了我，走过来悄声说道：

"对不起，我有个重要的客人，得一直陪他到打烊。"

"那我下次再来吧。"我说。

她以为我生气了，少有地用撒娇的声音说："明天还带我去浅草好吗？"一边还偎靠着我的肩膀。她前脚刚离开，一袭绿叶颜色的和服就出现在我眼前。

"你看上铃子了?"

照代目光阴冷地问我。见我不作声,她将严厉的眼神投向铃子的座位。

"那两人看起来感情很好吧?不过你不用担心。那个客人叫稻田,我知道他一个骇人听闻的秘密。至于铃子,也有个不可告人的秘密……只要我掌握着两人的秘密,他们就一点法子也没有。"

她大约是醉了,唇角扭曲着,笑容里尽是敌意。

"是什么秘密?"

"说出来就不成秘密了哟。"

照代跟我说着话,眼睛却始终紧盯着男人的背影,那双眼里栖宿着邪恶的气息,看不出半分少女的影子。我觉得很不愉快,立刻起身离开。

第二天上午,铃子来旅馆找我。关于昨晚稻田的事,我一个字也没问。如果照代所说的是事实,意味着铃子有了稻田这个特定的男人,却还和我一起在待合茶屋过夜。不过,这些都不重要。我和铃子的关系,就类似被骤雨淋湿的同伴,彼此紧靠着躲在不论哪一方撑起的雨伞下,只求不被雨淋到就足够了。铃子也绝口不提前一晚的事。

也许是星期天的缘故,我们来到浅草六区时,尽管天气炎热,周围依然人山人海。以前的杂耍场和戏园都被时代的潮流冲走，取而代之的是满街的电影院。画着自来也[1]和西洋女人的招牌，在骄阳下燃烧着花花绿绿的颜色。商铺和街头艺人招揽客人的吆喝声，马戏团的吹奏乐队，游乐园旋转木马的音乐，热热闹闹地交织在一起，然后响起午炮。

有间棚子打着近来广受欢迎的女魔术师的招牌，在表演很有夏日情调的喷水杂技。虽然似乎只是冒牌货，却也吸引了许多人观看。我想去瞧瞧，铃子却表示想看电影。

铃子好像很喜欢看电影，想来浅草就是为了这个。她手里紧握着糖人儿，似乎没把无声电影的解说声听进耳里，只目光灼灼地注视银幕的光。全神贯注地看着无聊武侠片的铃子，活泼的表情十足就像个孩子，看上去十分幸福。想起她在咖啡屋装扮出的大人模样，和这般稚气的脸庞何等不相称，我不禁心生怜惜。从电影院出来，在洋食屋吃过炸猪排，我突然想买件和服送她。

"你有钱吗？"

来到仲见世商店街，铃子打量着和服店橱窗上装饰的京友禅[2]，担心似的问。以我这副寒酸模样，也难怪她有此顾虑。不过我离开

---

1 江户时代后期小说中登场的怪盗，透过歌舞伎等的润色，成为使用蛤蟆妖术的忍者而广为人知。

2 京都传统染布工艺，后成为高级和服的代名词。

堺市时，从之前工作的料亭[1]里偷拿了三百元。说是工作，其实只是整理木屐、打扫庭院之类的打杂活儿。回到东京后我不大出门，这也是原因之一。我用的是假名，应该不用担心警察找到东京来，然而毕竟忌惮别人的眼光。

我把还在客气的铃子硬拉进店里，让她挑选喜欢的和服布料。铃子就像站在玩具堆前的孩子，一副快哭出来的表情，拿不定主意选什么好。这期间，我发现她唯独避开花卉图案的布料。对于山茶花、樱花、梅花这些同龄少女喜爱的图案，她连看也不看一眼。

最后铃子选了淡蓝色的铭仙绸。同样的颜色，我推荐下摆有红叶图案的料子，但她说更中意淡雅朴素的龟甲形花纹。

从店里出来，铃子珍重地抱着布料，再三向我道谢。然后问："古宫先生，你是不是画家？"

我吃惊地回头看她。

她说："因为挑选布料的时候，你对颜色很细心留意。一般男人不会这么讲究。"

我回答说以前确实画过画，如今只是漫游各地而已。

"漫游各地做什么呢？"

许是好奇我外表落魄，出手却很大方，相识以来铃子第一次主

1　一种高级日式餐厅。

动问我。

"不知道，或许是在寻找吧。"

我模仿铃子的口气，平淡得像是在说别人的事。

"寻找什么？"

"一个舍弃的地方——"

不知是没听到我的话，还是听到但不明所以，铃子此后一直缄默。她的阳伞笼着两人的影子，我们信步而行，不知不觉到了上野的不忍池。夕阳已失了颜色，高高升上夏日天空的云彩，也已四散西沉，朦胧了苍白的夕阳。风将水面分成光与影，荷叶顺着波纹漂向池边。折叠的荷叶一角，只有一朵花朝天绽放，似乎在珍惜花瓣合上前最后一缕余晖。我指那朵花给铃子看，铃子却漠不关心地望着池对岸。

这时我也有些讶异。普通女孩子应该会赞一句"好漂亮"，多少表示关切才对。

"你不喜欢花？"

我想起铃子在和服店里避开花卉图案的事，于是这样问。铃子默然。我忽又想到，当时店员拿出的绿叶色布料，或许令铃子心情沉重。那布料和照代在店里穿的和服同色，我注意到铃子眼里掠过一抹惧意，迅速别过脸去。想来，是那颜色让她联想到照代的脸和种种刁难，顿时愁上心头吧。

那晚在水月茶屋，我回到东京后第一次吐血。照顾过两年结核病人的铃子并不慌乱，而是沉着地让我躺到床上，然后请来医生。等到医生离开，我脸上也恢复了生气，铃子才对我吐血的量感到吃惊。她垂眼望着换下的床单上依旧殷红的血迹，自言自语般低喃：

"你刚才说舍弃，是舍弃生命吗？——你在寻找舍弃生命的地方？"

我浅浅一笑，算是默认，怔怔地望着灯光照耀下的血色。

三年前，我抛下画笔和这座城市，就是缘于这种色调。为了自己所犯的罪，四处流浪寻求葬身之地，最后人格堕落到偷窃钱财的地步。

那是大正六年（1917）的夏天。我和美术学校的同届友人白河埋头作画，准备参加秋天的文部省美术展览会。白河比我晚一个月，在夏末完成自己的画作。我在他的公寓看到了那幅画。一个夏天就瘦脱了形，脸色如死人般苍白的白河，不安地问我："怎么样？我自己觉得终于画出了理想中的画。"我沉默着，一句话也说不出来。我打从心底为那幅画感动。

画的是白色的泥土上，散落着数片绿色的叶子。仲夏的灼热阳光透过浅绿的叶影，洒落在白土上。构图很简单，但绿油油的叶子和雪白的泥土却充满生命力。这一个夏天白河削减的生命，仿佛都被那几片叶子吸收了去。

我只简单说了句"好画"。我还想说这幅画一定入选、你的才华我自愧不如，等等，但又怕感动消失，只能将满溢的热情藏在心里。如果白河没有在这时提议预先庆祝一番，然后出去买酒，我想我真的会流下感动的泪水，回家把自己的画撕碎，从此过着与绘画无关的人生。

　　然而白河出门了。我独自留在屋里，依旧沉默地凝视着那幅画。因着感动，我整个人都是恍惚的。回过神时，画上已斜斜拉了一条粗红线。鲜红的颜料，正从我颤抖的手所握的画笔上滴落。好一会儿，我才意识到那是我的手。在白河回来前离开公寓，我简单收拾行李，连夜逃离了东京。

　　我在大阪听到了美术展览会的消息。当然没有白河的名字，之后也没听说他登上画坛。我明白个中缘由。倾尽心力画出的画，却被一条红线彻底葬送，白河只有两条路可走。要么死，要么像我一样自此封笔。事实上，那条红线是我刻在白河生命中的伤口，那颜色是从白河生命里流出的血。我为犯下的重罪而苦痛，数次试图寻死，但不可思议的是，每次在最后关头阻止我的，却也是那罪孽的沉重。只要那罪存在一日，我便连死也不被允许。

　　"这个颜色，也是古宫先生内心的悲哀吧？"

　　望着我吐的血，铃子轻声细语，正好道出我的心声。也许是我的脸色太黯淡，铃子第一次主动向我微笑。实际上也许只是回头看我一眼，脸上依旧有挥之不去的阴影，但在我眼里，却化为安慰我的笑靥。

就在这一刻，我想要再次提笔作画。

在堺市初次吐血时，我在那血里看到自己的罪。我吐出和犯的罪相同的颜色，却终究没有死成。我对生命还有所眷恋。但看着自己的血色，我在流浪生活里第一次感到安心，这也是事实。在对死亡的恐惧中，我也对用相同的颜色赎回三年前罪行的自己，有那么一丝快意。

我从被子里伸出手，握住铃子的手。如果在死前再次执起画笔，我想画这位女侍。

三

三天后，我突然必须离开东京。这三天里，我买了颜料和画布，闷在旅馆作画，但来不及完成就想离开。因为在 × 火车站附近，我偶然遇到了昔日美术学校的朋友。

这个朋友知道我和白河的关系，当然也听闻了我的卑劣行径。四目相对的同时，我转身就逃。认出我的刹那，旧友眼里浮现的不是轻蔑，也不是怒意，而是怜悯，就像看到一只躲在暗处徘徊的弱犬。那一刻，我觉得自己在东京待得太久了。

当晚我想最后见铃子一面，来到入船亭时，却听说她有事先我一步外出了。我从一名女侍口中问出铃子的住处，正要离去之际，门口照代带着醉意嘟哝：

"如果你去找铃子的话，替我转告她，别忘了明天下午五点钟在店里碰头。明天和后天店里都不开门，可是无论如何要在明天把一些事谈清楚。我刚才提醒过她，应该会记得才是——"

我没理会照代，径自出了门。既然提醒过了，何必又特意要我转告？她分明是意有所指，那得意扬扬的样子让我很气不过。

渡过水分析后，突然下起了大雨。我放弃去铃子家，转身返回旅馆。

就在我沿着小巷的石板路冲向旅馆的灯笼时，意外地在灯影下见到了铃子。她正百无聊赖地用木屐踢着雨滴。原来我们刚好错过了。她见我一连三晚没去店里，担心我一直卧床不起，所以来看我。

我请铃子进了屋。她擦过湿漉漉的头发，拿出一个小小的竹笼。透过竹篾的缝隙觑去，有看似昆虫的东西在铺的叶子上蠕动。

"是萤火虫——"铃子的低语几乎淹没在雨声中，"探病的时候不能带萤火虫吧？"

"为什么？"

"它的生命很短暂……不过短也无妨，只要活得灿烂夺目……"

铃子望着远处的眼神，突然停在了某一点上。

"那是什么？"她问。

我一时不晓得铃子看到了什么。

"你是说哪个？"

"喏，那个长方形的盒子——"

床上铺着没叠的棉被，枕头旁边丢着一个深红色的镀锡铁盒。我把铁盒递给铃子，她惊讶地注视着盒子里的颜料，好一会儿才轻轻说道：

"你果然是画家呢。"

环顾四周后，铃子发现支在房间角落的画架。

"这个女人是谁？"

她问的是画中的女子。

"你看不出来？"

"是啊——是谁？"

"不就是你吗？这是你的画啊！"

听了我的回答，铃子打心底吃了一惊似的，重又细看起那幅画。

"真的吗？这真的是我？——我看起来这么寂寞？"

她以惯常的语气说着，模仿画中女子垂下眼睛。那幅画，画的是我在入船亭初见铃子时的印象。沐浴在红色阳光里的铃子，安静地倚在窗边。画中背景的墙壁、窗子、和服都上了色，接近完成，只有最重要的脸部还是白的，仍是素描的样子。我总觉得把握不好铃子的唇色，就在为给脸部上色踌躇为难之际，我就必须离开东京了。从初识铃子至今，她的唇上一直涂着深浓的口红，与看不出轮廓的柔弱脸庞全然不相称。如果依样给画中的铃子上色，将与我记忆中的她判若两人。现在是个好机会，我要趁今晚给画中的脸上色，送给铃子作为纪念。

"你可以擦掉口红吗？那口红对你来说太浓了，我想看你真正的唇色。"

我对着画布不经意地说。铃子的脸色变得比平日更苍白，惊异地仰头望着我，仿佛听到了什么意外的话似的，表情有些慌乱。我无心的一句话，对刚开始在夜巷上班的铃子很可能是个刺激。我想起名古屋花街中一名妓女的话："浸在夜灯里的日子过久了，渐渐不认识自己的脸。为了拼命想起自己以前的模样，就会把眉墨和口红涂得更浓——那绝不只是为了好看。"

铃子半转过身，取出小镜子擦拭口红。擦完后，她害羞地垂着头。我俯身看去，她的嘴唇像被剥去衣裳般在颤抖。没有了口红的嘴唇，颜色有些暗淡。就是这个颜色。这种不相信眼前所见，一心追寻遥远面影的寂寞颜色。我握起画笔。

“帮我从盒子里拿颜料出来好吗？我想马上涂上去。”

铃子一动不动，似乎没听到我的话。握着的镜子反射电灯的光，照得脖颈泛白。

“我想涂上唇色。麻烦把红色……还有黑色拿给我，我要试试稍暗的红色。”

我又说了一遍，铃子终于回过神来。她将手伸向颜料盒，不料衣袖带倒了萤火虫的竹笼，盖子随即打开。我刚想关灯，两条影子已不知消失在屋里何处。

幸好雨户[1]和纸拉窗都关得很紧，不怕虫儿飞到外边，但一时也找不到小虫躲在哪里。

“等一下——别出声。”

铃子悄然起身，关掉电灯。房间被黑暗吞没，雨声越发汹涌。我想说什么，却被铃子以手势制止，两人屏住呼吸，长久地窥视着黑暗。

终于雨声渐弱，宛如等待这一刻似的，从沉淀着黑暗的角落里，滴落光的水滴。紧接着，天花板一角也有一抹光在驱走黑暗。淡淡的光影如同纺棉花般，逐渐扩大。

我从铃子手中接过扇子，悄悄接近屋角。萤火虫飞起的刹那，

---

1 日式建筑在窗外安装的滑门，一般起到防雨的作用。

我挥扇下去，但萤火虫瞬间闪出耀眼的光，从扇子的褶缝逃走了。在空中飞舞的萤火虫，曳出一道长长的光线，那光芒时明时灭，即便熄灭时，也有余韵将那条线串起，就如在黑暗里缝了一条绵延的金线似的。

我在小屋里手舞足蹈四下追逐的样子大概很可笑，铃子发出清脆的笑声，拿起镜子挥舞。不知是否我的幻觉，那两道光被镜子反射成好几道，在黑暗中织出金线，倒像是许多只萤火虫从黑暗中诞生，满天飞舞。

铃子似乎很快乐地笑着，不停挥动镜子。我也不知不觉笑了起来。比起一味追赶，用扇子掬起落下的光滴更为有趣，我起劲地满屋跑个不停。真是做梦也没想到，我会在一间小屋里捉萤火虫。

错过了一道光的我，整个人撞到铃子的肩膀上，我们嬉笑着一起跌向黑暗的底层。天真的笑声在屋里回响，而仅仅片刻前，我们都还是久已与笑声绝缘的人。连我自己也觉得不可思议，三年来第一次从心底发出了笑声。

最后，一只萤火虫消失无踪，另一只停在画布上。微微泛白的光芒最后一次闪耀，短暂地照亮了只有素描线条的女子的脸。那光也很快暗淡下去，画中女子仿佛闭起眼似的，影子一闪而逝，黑暗中只剩下雨声。

"我想明天就离开东京。"我对站起来开灯的铃子这样说。

"是吗——"铃子只答了这一句，回头望向纸拉窗，"雨也好像停了。"

她似在倾听小巷夜晚的宁静气息，许久，终于站起身，喃喃说道：

"去哪儿都好。不管多遥远的地方，希望你好好活下去。"

说完，她道谢似的低一低头，走了出去。我什么也没说。铃子是三年来唯一吸引我的女人，但我们的关系就如同刚才的萤火虫，那两道微光终归只能照亮有限的时间。白扇掉落在榻榻米上，也许是铃子有意遗忘作为纪念的。我心里想着，隔着纸拉窗听着小巷里远去的木屐声。

木屐声行将消失时，我突然想再看铃子一眼，于是打开窗外的雨户。走到小巷拐角处的铃子，也恰在这时回头看我。铃子又垂下头，在街灯的照耀下，怔怔地伫立片刻。浅黄色的和服衣摆附近，濡湿的石板路折射出灯光。沐浴在皎洁月光中的她，宛如盛开的宵待草。铃子拐弯之后，那花的颜色仍留在我脑海里。

我把画了铃子的画布撕毁丢掉，忘情地握住画笔，拿起铃子留下的白扇。我的手径自舞动起来，在白扇上涂上铃子和服——同时是宵待草的花色。

黎明来临时，我的画终于完成。画的只是黄花和绿叶，没有什么了不起，但我觉得那朵花比我以往所画的都好，充满生命力的感觉。

清晨的阳光照在画上，花儿仿佛真的逐渐凋谢了。在晨雾里渗入最后颜色，正在等待枯萎的花，也是第一次小小展露才华的我，身为画家的宿命。

四

午后，我将白扇送到铃子家。说是家，其实只是在河边偏僻处的小榻榻米铺二楼租了间房。榻榻米师傅说，铃子上午出去了。我在犹豫要不要托这个师傅转交，但毕竟是第一次倾注了我生命的画，我想亲手交给铃子。

我想起昨晚照代说过，约了铃子五点钟在入船亭见面，于是在附近闲逛了一阵，快到时间时才前往根萩町。

那天好像是举行水神祭典的日子，平时清静的路上人流汹涌，穿浴衣和戴巴拿马草帽的人们熙来攘往。刚刚渡过水分桥，我发现了铃子的背影，但她听不见我在后面喊她，径自从河堤走下石阶，消失在入船亭里。我不愿和照代碰面，便在河堤上闲晃，等铃子出来。

太阳已将西沉。当刻在石墙上的鲜明柳影在暮霭中朦胧时，铃子终于出来了。之前一直静悄悄关着，隔绝了店里一切的门扉突然有了响动，铃子披头散发地冲了出来。

急促的木屐声中，铃子冲上石阶，正好撞到站在石阶上的我，不由得小声惊叫起来。

"你不是……离开东京了吗……"

铃子用虚弱的声音低语。她脸色苍白，似乎耗尽力气才挤出这句话。我正想解释，忽然发现铃子的一只袖子染红了。是血。血也染红了铃子的手指。

"怎么啦？发生了什么事？"

我禁不住问，铃子却只是目光空虚地摇头。我让她站到柳树树荫下，免得被人注目，自己奔下石阶，打开入船亭的门。

店里已沉浸在暮色中，分外静谧。我一进去就看到了照代。她坐在我初来入船亭时铃子所坐的位子上，跟那时的铃子一样斜倚着窗。乍一看似乎是垂着头睡着了，可是老远就能发现胸前染着血。上前看时，在同色的腰带上方，有一道割裂了和服的伤口，一缕鲜血还在从伤口处流下来。距离尸体不远的地板上，掉落着一把隐约染着血痕的菜刀。

我把入船亭的门关紧，回到河堤上。铃子半边肩膀掩在柳叶中，无力地茫然伫立着。

我什么也没问，伸手搂住铃子，不让别人看到袖子上的血，然后混进人群里，一路走到水月。

进到房间后，我也继续抱着铃子。我感觉只要一放开，她就会瘫倒在榻榻米上。

铃子茫然注视着我，反复只问一句："为何没有离开东京？"

等她惊魂稍定，我跟她说，现在要装作我像之前那晚一样吐血，请医生过来。铃子不明白我的用意，感到很为难，我好不容易才说服了她。

不久医生来了，我谎称这次又严重咯血，医生担忧地看着铃子衣袖上的血痕，劝我尽快住院，然后回去了。

剩下我们两人时，铃子问：

"为什么要演这出戏？"

我解释说，万一警察日后发现了她和服上的血痕，医生可以证明袖子上的血是我吐的。

"今天你和照代见面的事，还有别人知道吗？"

"没有，因为我们要单独谈些重要的事……不过你怎会知道？"

我说是昨晚照代告诉我的。既然没有其他人知道，万一警察问起，就答说今天下午我们一起去看电影，然后来了水月茶屋。

"为什么……"

我从被子里坐起身，盯着铃子的眼睛。

“我以为照代是你杀的——”

我告诉她，我守在入船亭门外近三十分钟，其间没有任何人出入，那扇门是入船亭唯一的出入口。假如在她进去以前，照代已经被什么人杀害的话，三十分钟的时间里，她究竟在店里做什么？我一进去就发现了照代的尸体，铃子也应该是立刻发现才对。她为何在尸体旁待了三十分钟之久，完全无法解释。

照代说她握有铃子的秘密。今天要谈的就是那个秘密，但可想而知，谈判并不顺利，照代想必开始气势汹汹地指责铃子，铃子取出为防万一藏在袖中的菜刀，朝照代刺了过去。

“我杀人了吗……”

到这个时候，铃子还像在说别人的事。

“那么，你为什么要保护我？”

“为什么呢……”

我自己也不知道。纵使铃子杀了人，我也毫不在意。见到她袖子上鲜明的血迹时，昨夜铭刻在我脑海里的宵待草的花色也依然不变。那花远离突如其来的杀人事件，开在另一个世界里。假如立场掉转过来，我相信铃子也会为我做同样的事。

“你什么都不问呢。”

见我静静躺下，望着天花板的木纹，铃子出声说。

“是啊，什么都不问——”

我自己也觉得惊异。凝视了一会儿天花板，我伸手将铃子揽入怀里。

五

翌日下午，我离开旅馆去看入船亭的情形。听说明天才开门，之后似乎也没有任何人出入。从石墙望下去，寂静得不闻丝毫声息。尸体一定还在店里，可是周遭如此宁静，令人几乎怀疑起昨天亲眼所见的情景。

我放下心来，按照昨晚在水月分手时的约定，沿着河边去找铃子。如果是铃子杀了人，我还有一个疑问。尸体周边有溅血的痕迹，假如喷出那么大量的血，刺杀者的衣服上也该溅上相当多的血才对。铃子浅黄色衣袖上染了血，但我觉得不可能只有那么一点。可若说人不是铃子杀的，她一进去就应该发现了照代的尸体，我想不出她在店里逗留近三十分钟的理由。

铃子租住的屋子前的水沟，发出比昨天更呛鼻的臭味。大概要下雨了，沿着河边走过来，云层越来越低。门口的招牌历经风吹雨打，已经开始朽坏，年老的榻榻米师傅正在换新招牌。我用袖口擦掉额上的汗，问他铃子在不在，铃子已经听到我的声音，从楼上探

134

出脸来。

我跟榻榻米师傅打了个招呼，上到二楼。四叠[1]半的房间很简陋，但因为屋主做的是榻榻米生意，只有榻榻米还是崭新的青绿色。挂着芦苇帘子的窗边有张书桌，砚台旁边搁着一个封好的信封，似乎是写给什么人的信。铃子穿着暗色的浴衣，怕我发现似的将那封信收进袖子里，然后请我坐到坐垫上。她的脸色已经恢复正常，但眼睛肿肿的，显然昨晚分手后一个人哭过。我隐隐有种线断了似的担忧。她原本是个已将自己豁出去的女人，现在却仿佛连维系自己生命的最后那根线也突然断了，令人不安。

"看样子要下阵雨啦。"

为了打破尴尬，铃子抬头望着阴沉的天色说。不知何时云层已低到屋檐边。

"古宫先生，你今晚离开东京好吗？"

铃子倚着窗口栏杆，自言自语似的呢喃。我说明天照代的尸体一旦被发现，一定会乱成一团，我想暂时留在东京，看看事态发展。铃子依然侧着脸，摇了摇头。

"你不用替我担心……"

听口气，她已经听天由命了。我拿出昨晚因惊慌失措忘了送给

1　日本以叠为日式房间的面积计量单位，一叠约合 1.62 平方米。

她的宵待草扇子，铃子有点吃惊地抬眼看我，旋又怯生生地望向扇子上的花，默默看了很久。

"对了，你不喜欢花吧？"

"不，也不是的。"

"可你好像不是很开心。"

铃子摇摇头。

"我想起了那个人住过的伊豆疗养院。庭院里盛开着这种花……对了，现在正好是花开的季节。"

说完，她又想起了什么。

"你还是今晚离开东京吧……我真的不要紧。"

我没有回答，铃子也沉默地从栏杆眺望窗外。可能是为了避开我的视线，她偏着头，两缕发丝散落在脖颈上，肩膀沉静不动，似乎忘了还有我在身边。

"你是不是想自杀？"

我突然问道。铃子一时没听明白，好一会儿才转头反问：

"你说什么？"

说是反问，更像是因我突然这句话，终于惊觉自己想自杀，因而感到震惊。铃子把打开的扇子放到桌上，定定地望着我。这个女人一定是想寻死。藏在袖子里的那封信，恐怕就是给伊豆的哥哥的遗书。我不知道她是为了昨天傍晚杀死照代的罪行而后悔，还是原本就想死才杀了照代。总之，她的确想寻死无疑。想到这里，三年来我从未当作一回事的死，透过铃子第一次真实地向我逼近。不能让她死——三年来从未有过的情感在心中激荡，就在我想走近铃子时，眼前突然发白。我还以为是闪电，但一股热流随即直冲喉咙，从嘴里流了出来。我踉跄着蹲下，头抵在榻榻米上，不住吐血。铃子惊慌地走过来，拼命替我抚摩后背。

"我去叫医生！"

她想站起来，我下意识地抓住她的手腕，把她拉向自己。从喉咙涌上来的血让我呼吸困难，我努力想让她明白我的心意。

"不用叫医生，你的事比我的命重要。为什么你会想寻死？我的日子已经数得着了，而你，只要想活下去，活多久都可以……千万不要有寻死的念头。"

我紧紧抱着铃子，想将她寻死的心情挤压出来一般，铃子也用力抱紧我，像要把我正承受着苦痛的身体压到榻榻米上。

"可是……都到这个地步了……"

"就算你杀了人也没关系……只要有一线希望就要活下去。真要有个万一，就说是我杀的好了，我为了救你，杀了那个少女……反正我也活不久了，我在堺市偷过钱，早晚会被警察抓到，就说是我杀的好了……只要骗过警察，骗过大家就好……有机会活下去的话，还是活下去吧！"

"古宫先生，你真奇怪呢……你自己想的全是死，却跟我说这种话……要我活下去……"

铃子的泪水簌簌地落在我抽搐的脖子上。我正想说什么，血突然箭一般涌上喉头。我环住铃子的胳膊不停发抖，吐了许多血出来。血溅在铃子的背上、腰带上和榻榻米上，那是最后的血。终于我变得空洞的身体被铃子撑住，我的脸埋在铃子肩头。铃子也因用尽全力而几乎虚脱，紧靠着我跪了下来。我们就这样把脸埋在对方肩膀上，互相支撑着才勉强没有倒下。

"真奇怪呢，你叫我要活下去……"

铃子空虚的声音在我颈边响起。

"因为你还不明白活着是怎么回事，而我终归要死……就算想活也活不成……所以我希望你活下去。我的生命不算什么，只要能让你活下去……"

我埋在铃子的肩头，喘息着说。就在这时，我感觉铃子的身体倏地离开了我。不，她的脸依旧埋在我肩上没动，但我觉得有那么一瞬间，她的灵魂突然离开了。

"若是这样……可不可以把你不要的生命给我？"

她的声音就在我耳畔低语，听来却恍如来自遥远的黑暗世界。我吃了一惊，情不自禁地想抬起头，却被铃子伸手按住，深深地压在她肩上。

"别抬头。我不想让你看到我现在的脸，那一定很可怕……因为我在想一件很可怕的事。我想嫁给片山先生……做一个公司职员的后妻。和你相识以后，我还暗中继续跟他来往。可是照代知道了我的秘密……起初照代对我很好，所以我把从小藏在心里的秘密告诉了她，之前她好像也已经有所察觉……到了这个月，照代开始恨我，她不断威胁我，要向片山先生和稻田先生透露那个秘密……可是我现在不怕她了。她已经死了，再也说不了什么。我现在怕的是你啊！你看穿了一切。古宫先生，你不是问过我，照代是不是我杀的吗？从那个时候起，我就盼望你也赶快死掉……我想的是这么可怕的事啊！"

我埋在铃子的脖颈里，听着她那过分沉静的声音。铃子说不想让我看到她的脸，压住我的手指十分有力，完全不像出自一个柔弱的少女。我想铃子是在坦白她的罪。如今我是知道她杀死照代的唯一证人，所以她盼望我死。可是我不觉得有什么可怕，这种事我根本无所谓。我只是闻着铃子的发香。

起风了，带起一串风铃声。雨点应声而落，噼噼啪啪地倾泻在窗上。

"如果你真的盼望我死的话，那我就死吧……这样也算是死得其所。"

雷声在屋里轰鸣，淹没了我的声音，但铃子似乎听得很清楚。

她陡然离开我的身体，保持些许距离，用无法置信的表情盯着我，很快又将目光投向远处。

"我是随口乱说，那并不是我的真心话。你一定不会把我的苦恼说出去，只是我被照代欺侮得太狠，一时间无法相信别人了……而且，我很想你多活些时候。只有你……"

"怎样？"

"真是不可思议。我遇到过那么多男人，可是从来没遇到过你这样的……你放心，我并没有寻死的念头。"

雨点如银色的串珠般在窗上流淌。铃子取出枕头让我躺下，开始用手巾揩拭我身上的血。望着染在白布上的鲜血，我蓦地恍然——是围裙。高高系在胸前的围裙，可以说是咖啡屋女侍的制服。莫非铃子在入船亭刺杀照代时，身上穿着围裙，所以血没有溅到和服上？——我摇了摇头。铃子刺杀了照代，已经是无可置疑的了。不过，我一点都不在意。

铃子下楼拿了抹布上来，擦干净榻榻米上的血后，视线忽然落在书桌的扇子上，然后对着扇子上的宵待草低语：

"这朵花也会吐血，吐血而死……然后消失。"

雨声中，她的声音几不可闻。因为口气像是自言自语，我也不便问她这谜一般话语的含意。

"这幅画上的花，真的是送给我的吗？我可以随便处置？"

我点点头。铃子用小指蘸一蘸溅到书桌上的血，转眼间指尖的血已划过扇子。扇子被一条粗大的红线斜斜切开了。我作为画家第一次倾注生命画出的黄花，连同绿色的叶，同时被鲜红的伤痕残忍撕裂。就和我用一条红线毁掉白河的画一样——同样的颜色、同样笔直的线。

我咽下涌上喉头的话，凝视着铃子。铃子也被自己的举动吓了一跳，求救似的回头看了我一眼，很快又将视线移到花上。那是跟我看白河的画一样的悲哀眼神。这个少女知道了，她知道我三年前的罪。可是那段讳莫如深的过去，我对铃子也只字未提，为何她会在我面前重现我三年前的罪行……还是用我自己的血。

我心中一片迷惘。奇异的是，铃子突然的行为却令我有种如释重负的感觉。迄今为止压在心头的罪恶感，陡然间被这条线切断了。我想铃子的举动绝非偶然，必定是某种神秘的意念灌注到她的小指，让她那样行动。我久违地想起了一直在竭力逃避的好友的脸。三年来，白河一定恨得想杀了我，可是就在刚才那一瞬间，不知身在东京何处的白河也许忘掉了对我的恨意，突然觉得可以原谅我了。白河的心境传到铃子的指尖，用我的血毁掉了我的画……我的心情意外地轻松起来，过去的岁月随着雨声一笔勾销。

我忽然想尝试活下去。就如冲出白河房间时，我突然想到了死一样，现在我突然想活下去。虽然余日无多，能活还是活下去吧——我这么想着。

"我有一个请求。"

铃子直视着我的眼睛说。

"我不会寻死，所以希望你也活下去。如果你离开东京，还没决定去向的话，何不去伊豆的疗养院？在疗养院医好你的病……你也要坚强活下去啊。"

我觉得那样也好。我的脑海里浮现出疗养院的庭院里，无数宵待草在月光下怒放的景象。我想看看那些花。

"等雨停了，你就回旅馆拿行李吧。我送你到火车站。"

因为事件的发展还难以预料，我不忍心留下铃子一个人在东京。铃子似乎看透了我的心思，对我摇了摇头，然后关切地说：

"你这样能坐火车吗？回旅馆之前，还是先去看看医生吧。"

心情轻松的我，丝毫没把还有些虚弱的身体放在心上，但还是沉默地点点头。铃子让我背过身，换上平日穿的浅黄色和服。

×火车站里拥挤着小贩和学生。在候车室等候时，我们保持着少许距离，来到月台后，彼此也没有交谈几句。我和铃子的关系，只是在数日前相遇，在一段有如夜晚的黑暗中偶然肩并着肩，共同眺望过萤火虫转瞬消失的两道光，仅此而已。

骤雨过后，空气清澄如洗，火红的夕阳在燃烧。

火车背着夕阳进站。我们为彼此心里点亮一盏小灯，如今将要分别了。我的目光始终不离铃子，铃子却越过我的肩头望着远方，似乎在注视那列已经远去的火车。

　　乘客开始上车。我急切地嘱咐铃子，一有什么不对就写信到疗养院给我。铃子从袖子里取出宵待草的扇子。

　　"能不能用一个晚上的时间，在疗养院的院子里一边看着盛开的这种花儿，一边想着我？到了早上，花儿就会吐血而死，在那之前一直想着我可以吗？"

　　不等我点头，列车员的声音和发车铃声已响彻月台。铃子像要阻止我上车似的，轻轻拉住我的衣袖，定定地望着我。我不禁想起上野的不忍池畔迎着夕阳即将凋谢的荷花，还有画在铃子扇子上的另一种花。有的花在黄昏凋谢，也有的花在黄昏盛开。汽笛声响起，宣告我们分手的时刻到了。

　　"别跟我说笑一笑啊……"

　　我想这么打趣，话却哽在喉头，只能深鞠一躬表示谢意，然后登上火车。对这个让我在死前再度提起画笔的少女，我真的很想感谢几句，可是终究说不出口。

　　铃子追着火车跑了几步，突然扇子被风吹落，她急急蹲下身去拾，一面仰头望着从车门处探身出来的我。

　　那是我最后一次看到铃子。她的身影很快被蒸汽和烟雾包围，只有和服的颜色在月台上若隐若现，终于完全看不见了。

六

第二天傍晚，我离开昨夜很迟才投宿的火车站前老旧旅店，迈向铃子告诉我的疗养院方向。一旦完成了和铃子最后的约定，看过疗养院庭院里盛开的宵待草，我就会离开伊豆，再去别的城市漂泊。我已经不想死了，但在堺市犯过盗窃罪的我，不可能待在疗养院这种引人注目的地方。我想找个僻静的温泉地落脚，避开世人眼光静悄悄地休养。

山谷的日落很早，还没走多久，路已沉入夜的深处。听说疗养院位于山麓，虽然山影近在眼前，却有越走越远的感觉。终于路变窄了，上坡时回头一看，不知何时山已转到了背后。似乎走错路了，但我仍着了魔般地径直前行。

头上有月。缺了一角的月亮白得透明，洒下的光仅能看清脚下路面。我穿过蓊郁的森林，曲折绕过悬崖。这条路即使白天也很难走，但我只顾迈步向前。木屐带勒得脚趾隐隐作痛，我却奇异地不觉疲倦，似乎可以一直走到路的尽头。遥远的前方有盏看不见的灯，那盏灯指引着我，令我安心，一如铃子梦中不断追寻的萤火虫。

月儿隐入云中，一切归于黑暗。我继续前行。终于月光又洒在肩上，抬头看时，遮住月亮的云彩已渐渐滑落夜的边缘。

与此同时，无边的黑暗迅速从周遭退去，草原出现在眼前。我不知何时偏离了道路，误入这一片草原。

黑暗如退潮般倏然远去，一望无际的草原延伸开来。湛蓝的天空上只余一轮明月。

月光洒落一地清辉，地上也涌现光芒，与天上的光交相辉映。走近一看，原来是花的颜色。覆盖地面的草丛上，浮起一层淡黄色的光，那是一大片盛开的宵待草。地上无风，花的颜色却漾起微波，宛如月光滴下了露珠。

终于抵达了目的地，我心头一阵轻松。之前忘掉的疲劳霎时席卷而来，我一头栽倒在花丛中。

惬意的疲劳感让身体变得空荡荡的。我想就这么枕着宵待草，权当露宿一晚。躺在地上望出去，花儿仿佛伸长了脖子，极力想接近天上的月。天空变成青黑色的河，在花隙流淌着。唯有静寂通向永恒。在静寂的一角，我默默留意着花儿。

随着夜色深沉，花的颜色也越来越浓。花上现出铃子的倩影，消失后又再出现……这次她轻声诉说着月台上没能说出口的离情别意，然后渐渐淡去。我一动不动，连呼吸都忘了，静静地凝视着铃子逐渐变小的身影。

不知不觉，我沉入了梦乡。

在鸟鸣声中醒来时，天色已经发白。浓得伸手不见五指的晨雾包围了我。凝神看去，周遭浮现点点红色。我摘了一抹那颜色来看，原来是凋谢了的宵待草。

花儿枯萎皱缩的样子十分凄惨，但更令我惊异的是它的颜色。不久前还是淡黄色的花，已经难以置信地变成了一种残酷的颜色。被晨雾打湿的泛红花儿，恰似滴落的血。

"这朵花会吐血而死……"

铃子的声音在我耳边回响。她是想表达宵待草到了早上就会变红凋谢吧。她希望我看到这颜色，所以要我花一个晚上看看宵待草。

铃子用我的血切开宵待草的画时，我只想到自己三年前的罪，没有意识到她那时在试图传达些什么……

过了很久，晨光终于驱散浓雾。阳光如洪水般流泻在草原上，逆光的缘故，花和叶子都变成了剪影画，无法分辨凋零的花和叶子。

"花儿会吐血，然后消失……"

铃子如是说。我想我终于领悟到铃子借着血色向我传达的信息。

带着萤火虫来旅馆看我的那晚，铃子指着我放在枕边的红色颜料盒这样问：

"那个长方形的盒子是什么？"

普通人大概会这样问：

"那个红色的盒子是什么？"

放在枕边的东西，颜色应该比形状更显眼，可是铃子只说形状。那是因为在她的眼里，只能看到盒子的形状，就如同她看其他东西一样……

我又想起我说她唇上的口红太浓时，铃子那寂寞的表情。之后我请她把给唇部上色的颜料拿给我时，铃子犹豫了一下才将手伸向颜料盒。因为没有把握能选出我要的颜色，她故意弄翻装萤火虫的竹笼，把两只萤火虫放了出来。

同样地，铃子还害怕另外一个颜色。铃子并不是不喜欢花，只是对她来说，所有的花都和叶子同一个颜色。就像被杀的照代常穿的和服那样，铃子害怕那绿叶的颜色。

铃子的眼睛时常寂寞地低垂，那是因为她从小就发觉自己的眼睛跟别人不一样。我以前认识一个男子，当他把青涩的柿子画成红色的成熟果实时，第一次意识到自己的眼睛异于常人。那人后来还画了许多幅画，最后终于死心不做画家。在他最后的几幅画里，缺少的不仅是那两种颜色，还有本应洋溢的生命感。画上只有寂寞的白色。从小就知道自己的眼睛不同于别人的铃子，在她短短的半生里，失去的不仅是那两种颜色，还有和普通人一样得到幸福的希望。

"血是悲哀的颜色……"

丈夫吐血而死，后来遇到的我也将吐血而死。铃子先后遇到的两个男人，都吐着她长期以来害怕的那种颜色，逐渐走向死亡。与我的这段邂逅，铃子感受到的宿命感一定远比我强烈。血的颜色不仅侵蚀着我和她亡夫的生命，更不断侵蚀着铃子自己。

我想起唯有在电影院时，铃子才流露出幸福的眼神。那个只有黑、白两色的小小世界，才是铃子安心的所在。

铃子并没有杀照代。

我怀疑铃子杀死照代的唯一原因，就是我无法解释她为何在现场逗留了近三十分钟。可是现在我终于明白了。铃子在现场什么都没做。我一冲进入船亭就发现了尸体，是因为触目惊心的血迹。但铃子并没有立刻发现。就如同宵待草的花儿变红凋谢后，消失在绿叶的颜色中，在铃子眼里，血的颜色也消失在照代绿色的和服中。铃子只是以为照代在打盹，在一旁等她醒来而已。

纵使被我怀疑，铃子也不愿解释误会。她一定很想告诉我，自己并没有杀人。可是这样一来，我必然会追问她为何在尸体旁停留了三十分钟之久。即便嘴上不问，我也会在心里暗自思量，如此便有发现铃子秘密的危险。在这层意义上，我成了一个碍眼的角色。铃子曾说，我看穿了一切，她想要我的命。愚昧的我以为她在坦白自己的罪，殊不知她说想要我的命，是因为担心我发现她的秘密。照代绿色和服上染着殷红的血死去，而铃子待了三十分钟也没察觉——铃子担心我从这两件事上推断出她的秘密，因而有一瞬间恐惧我的存在。

铃子想成为片山的续弦。她想嫁给忠厚的公司职员，把握住有生以来第一次和普通人一样幸福的希望。为此她不能让任何人知道自己眼睛的秘密。

照代一定不断恐吓铃子，只要知道了这个秘密，稻田和片山都会变心。她一定时常用难听的话嘲笑铃子的眼睛，甚至穿鲜绿色的和服威胁铃子。铃子从小就为这个秘密伤心，照代和服的颜色和威胁的话当然更深地伤害了她，因而把那个实际上微不足道的秘密当成了无论如何不能泄露的可怕秘密。

老实的片山应该不会介意她的问题，我觉得铃子只是杞人忧天。但我可以理解她如此畏惧那种颜色，为了保守秘密而苦恼的心情。三年来我自己也为了那个颜色而痛苦，甚至想舍弃自己的生命。

杀死照代的，我想还是被她掌握了秘密的厂长儿子稻田。铃子大概也认为凶手是稻田吧。这么一来，即使下手的不是她，她也觉得自己对照代的死负有责任。那个骤雨的下午，铃子的确决意自杀。

然而——当我甘愿为这个萍水相逢的少女献出生命时，铃子也为我放弃了寻死的念头。纵然会因为这次的事件失去片山，我的一番话多少也给了铃子勇气，让她敢于面对今后的苦难人生，无所畏惧地用那双眼睛直视周遭的一切，就如铃子为我点亮一盏小小的生命之灯。

铃子用血的颜色毁掉扇子上的宵待草，长久以来因那颜色饱尝的心酸，在那时突然化为愤怒从指尖流淌出来。无论我画得多美妙，对被那颜色伤透了心的铃子来说，终归是充满痛苦和悲哀的花。铃子是透过那条血痕向我倾诉她的悲哀吧。她的手指切断的不是花，而是我这三年来沉重的负罪感。血痕变成红线，为失去求生意志的我延续了生命的灯。

大正九年（1920）的夏天，我和铃子为了替彼此点一盏小灯而相遇又分手。我们怀着对同一种颜色的悲哀而相遇，在那短短的几天里并肩相依，然后别离，送对方踏上新的生命旅程。

晨光灿烂照耀，花儿愈见凋零。我感觉花儿代替我吐出最后的血。

我不知道自己可以活到什么时候，但我会守护一位少女送我的小灯，直至如这朵花一般，吐尽最后的血……

我抬头迎向阳光。这是三年来，我第一次仰望阳光。

在天与地相接的广阔世界里，我被朝露濡湿的脸颊沐浴在耀眼的阳光下，不断地对着自己，还有留在东京的一名少女的面影低语："活下去，活下去。"

花虐之赋

（第四话·鹑子）

血从女人的手腕顺着小指流进河里。不住流淌的鲜血，将女人垂落在栏杆上的手腕和河面连成一条红线。这条河是很久以前，女人所爱的男人生命逝去的地方。

今晚，女人为了追随死去的男人，站在桥上用剃刀割了手腕。

女人不是第一次站在桥上用剃刀割腕流血。自从男人死后，女人时常悄悄来到桥上，让自己的血一点一滴埋葬到河里。

夜复一夜滴落的血，为的是将自己的生命和在这条河上先她而去的男人的生命联系在一起。

每晚顺流而去的血，是否已成功追上早先逝去的老师的生命？当意识逐渐融化在月光中时，女人心里想的是这个问题。

就算没能追上也不打紧，今夜这最后的血，定能抵达男人的生命，将自己的生命和男人的生命永远紧密相连。

女人丧服衣袖下露出纤细的手腕，透过栏杆的间隙垂向河面。

冬夜的苍白月光，似欲笼住她的细腕，却笼不住腕上的如雪肌肤。鲜血不住流淌，手腕越发失了颜色。

——我终于可以去老师那里了。

女人如此低语着，将仅存的生命捻成最后的红线，从手腕流淌出来。

女人的表情毫无痛苦，眼里只有连月光也为之感染的喜悦之色，如同睡梦般静静地注视河水流逝。这时月儿陡然大放光辉，女人最后看到的，是追寻一个男人生命的红线，在变成光带的河上奔流而去。

红线跃入无数道光里，如蛇一般蜿蜒前行，奋力追寻着男人的生命，终于消失在光的无边黑暗中。

一

津田多美追随绢川干藏之后自尽，是在大正十二年（1923）二月二十三日的晚上。津田多美是大正末期在浅草的小剧团"佳人座"昙花一现的女演员，艺名川路鹬子。绢川干藏是该剧团的主办人兼剧作家。

在戏剧史上，同时期主办艺术座的松井须磨子[1]和岛村抱月[2]风靡一时，声名极盛，这两个人的名字因而湮没不彰。

绢川干藏创立佳人座，是在须磨子追随抱月自尽之年，亦即大正八年（1919）年末。

须磨子的人气和翻译剧的全新概念，使戏剧界为之焕然一新。然而须磨子死后，绢川干藏却一反当时的潮流，创办了演出新派剧的佳人座。说是新派，其实是早在明治中期为了对抗传统歌舞伎而产生的剧种，不管形式怎么变，内容仍是以无甚新意的爱情故事为招牌，在电影和新剧成为主流的大正中期，不可避免地透着过时的气息。在这时期将旨在赚人眼泪的爱情故事搬上舞台，简直可说是轻举妄动。然而适逢松井须磨子这颗新剧界巨星陨落不久，绢川刚好填补了空白。他在舞台上描绘的种种世态人情，诸如忠义物语、悲剧恋情，在东京广受好评，赚得不少妇女的眼泪。

---

1 松井须磨子（1886—1919），本名小林正子，日本新剧女演员。日本文艺协会戏剧研究所第一期毕业，1911 年因成功饰演《玩偶之家》的娜拉而知名。后与老师岛村抱月热恋而受到舆论责难，被迫退出文艺协会。其后与岛村抱月共同创立新剧团体艺术座并担任女主角。岛村抱月病逝后殉情自杀。

2 岛村抱月（1871—1918），日本文艺评论家、戏剧编导。1906 年与坪内逍遥共同创立文艺协会，将莎士比亚、易卜生等的西方近代戏剧移植到日本，是日本新剧运动的先驱。

佳人座首次公演的是以幕末为背景，描写艺伎舍命相救勤王志士的爱情悲剧《维新之花》。此后三年时间里，《女鉴》《白雪物语》《露草之歌》《梦化妆》等名剧相继问世，也涌现出澄田松代、林香子、上村龙子等著名女演员。

　　然而佳人座赢得高度评价，在真正意义上大放光彩，乃是三年后的大正十一年（1922）六月，川路鸨子横空出世之后的事。

　　是年六月，绢川的新作《贞女小菊》公演，选拔鸨子担纲女主角。鸨子当时二十六岁。二十岁前后，她曾在某戏剧研究所做过近三年的研究生，立志要当女演员，因此有一定的演技功底，但后来却放弃演戏，嫁给一个名叫津田谦三的年轻诗人，育有一个孩子。婚后没多久，津田的身体状况便日渐恶化，第四年终于卧床不起。鸨子带着孩子照顾病人，过着朝不保夕的日子，一个偶然的机会，她被绢川看中了。

　　鸨子虽然有演技功底，但毕竟不是剧团成员，由相当于外行人的她担任女主角，属于破格的提拔，但最后大获成功。《贞女小菊》是个古老的贞女故事，讲述的是小菊在做习艺伎时，一个年老的歌舞伎演员对她一见钟情，并将她收为妾侍。老演员死后，小菊抱着墓碑自杀，结束了年轻的生命。小菊对老演员有时像孩子般撒娇，有时又像长年相伴的妻子一般体贴，而集清纯和妖艳于一身的川路鸨子，正是演绎这个角色的最佳人选。她的美貌迅速传扬出去，吸引观众慕名而来，甚至令人觉得，剧团之所以取名为佳人座，正是为了期待这位女演员的出现。单就才华和风情而论，鸨子已超越了松井须磨子。

抛弃卧病的丈夫和孩子，一跃成为知名女演员的鸨子，不久便和恩师绢川干藏相爱，两人在浅草郊区营造了爱巢，过着俨然夫妻般的生活，同时陆续将《贞女物语》《黄昏下的斜坡》《暗夜之月》等搬上舞台。

第二年正月[1]，新春公演的《傀儡有情》成为佳人座创立以来最受好评的剧目。受欢迎的原因之一，就是故事是以绢川干藏和川路鸨子的现实关系为原型。虽然时代背景改为明治中期，对抗歌舞伎的新派剧、近代剧诞生之际，但剧中剧作家和女演员之间不寻常的爱情故事，完全就是已传得沸沸扬扬的两人关系的写照。

随着知名度的攀升，鸨子牺牲丈夫孩子的不道德爱情也受到舆论责难，甚至有人用夸张可笑的言辞形容两人沉溺于爱情的丑态。面对这些中伤和诽谤，绢川以演出作为回答。他将自己和鸨子的关系如实搬上舞台，向世人诉说他们之间的爱。

有些人因此提出更加尖锐的指责，认为将这种不正常的爱恋

1　指公历 1 月，亦即日本的新年。明治维新后，日本改为按公历过新年，每年 12 月 29 日至 1 月 3 日为法定的新年假期。

公然展现在观众面前，何其厚颜无耻。但更多的人被舞台上描绘的美丽爱情所吸引，陶醉于两人之间强烈的羁绊，盛赞这是佳人座最好的演出。绢川和鸨子的爱情赢得了社会的认可和理解。佳人座这个原本默默无闻的浅草小剧团，因绢川袒露个人的体验而首次名动一时。

剧团很快决定全国巡演。绢川立刻着手准备下次演出，佳人座的未来第一次充满了希望。

就在前途一片大好之际，绢川干藏突然自己了断了生命。事实上，他的死只能用突兀来形容。

一月六日，《傀儡有情》元旦开演的第六天，当晚和剧团成员一同庆祝过演出的空前成功后，绢川干藏从隅田川上的千代桥投河而死。尸体被发现时，挂在隅田川河底的桩子上，手里紧握着剃刀，手腕、咽喉、胸口和身体各处都有被剃刀割伤的痕迹。

看情形，绢川是先用剃刀割伤全身，没死成才又投河自尽的。搜索的结果，在千代桥的栏杆和桥板上发现相当多的血迹。千代桥位于绢川和鸨子同居的住处附近，看来他果然是先在桥上割伤未死，这才越过栏杆投身于隅田川的。

当晚的演出散场后，剧团全体成员在浅草一家名叫欧洲亭的洋食屋聚餐，庆祝公演成功，十点半解散。绢川和大家分手后，对饰演剧作家角色的年轻演员片桐撩二说，再去你家喝一场。但跟着鸨子和片桐走了一会儿，绢川又表示已经疲倦了，要先回家。鸧子提出陪他一起回去，绢川却不同意，说想一个人走一走。最后鸧子和片桐目送绢川离开，两人自行去了片桐家。

绢川的尸体挂在隅田川河底，身上还穿着和鸧子他们分手时的外套。由此推测他和两人分手时，就已打算回家途中在千代桥上自杀，而并非一时冲动。当天早上，剧场后台遗失了一把剃刀，为此还引发了一阵骚动。绢川手里握的正是那把剃刀，说明他至少在那天早上就已决意寻死。

然而那天的绢川丝毫没有寻死的迹象。不仅当天，自从《傀儡有情》上演以来，场场爆满，好评如潮，绢川一连几天兴高采烈，庆功宴上喝了一杯又一杯，洋溢着由衷快乐的笑容。

岂止没有寻死的迹象，根本再怎么想也找不到他突然自杀的动机。这次公演成功令他心情愉悦，立刻开始准备下次的演出。草稿已经完成，和鸧子的关系也很融洽。在庆功宴上，绢川公开表示等这次的公演和全国巡演告一段落，将会正式迎娶鸧子为妻。看起来两人正处于幸福的巅峰，此前妨碍他们婚事的鸧子的生病丈夫，已于去年十一月去世。

在一切都称心如意的时候突然死去，事后发现的证据也都否定了他自杀的可能性。绢川前一天曾向洋服店定做西装，当晚聚餐结束后，还跟一名剧团成员约定，第二天早上在后台见面。向众人道别时，他一直露出幸福的笑容。

由此也产生了绢川可能是被谋杀的疑问。绢川个性很强，剧团里难免有人怀恨在心，加上他过去有过几个女人，这些旧情人中当然也有人对他和鸨子的关系看不顺眼。从动机来看，谋杀的可能性更高。但后来出现一名证人，直接否定了谋杀的说法。

那个男人在一月六日晚上十一点左右，偶然从隅田川的河堤经过，在千代桥上看到了疑似绢川的人影。因为容貌、衣着、时间全都吻合，可以肯定桥上的男人就是绢川。绢川在桥中央伫立了片刻，然后靠着栏杆蹲了下来。那人以为他只是喝醉了酒，所以径直走过。但是绢川蹲下来的位置和第二天发现血迹的位置相同，证明证人看到绢川时，他已有意寻死。证人更斩钉截铁地表示，当时桥上除了绢川，绝无其他人影。

如此看来，绢川当属自杀无疑。然而动机依然成谜。就连最了解绢川的川路鸨子也一味摇头，想不到任何头绪。在绢川死因不明的情况下，鸨子将新年公演坚持到二十八日最后一天，然后在二月二十三日，绢川的四十九日法事顺利结束的当晚，同样在千代桥上割腕自尽。她没有留下遗书，但从两人的关系来看，显然是追随绢川而自杀。绢川的死再度引起社会热议，剧场里挤满了观众，然而在绢川死后，鸨子犹如一具没有灵魂的躯壳，演技也不再精彩，几乎与行尸走肉无异。

讽刺的是，《傀儡有情》的最后一幕，是两人手牵手沐浴在晨光里，祈祷幸福明天的光明结局。现实中的两人最终却以悲剧收场，与戏剧不啻天壤之别。

不过，鸨子的死也未必都是不幸。对于因绢川突然死去而终日悲叹的鸨子来说，追随绢川而去或许是唯一的救赎。鸨子在佳人座首次出演的《贞女小菊》里，最后小菊是抱着所爱男人的墓碑含笑而死的，鸨子也同样如此，唯有追随所爱的男人而去，才是唯一的喜乐。

和数年前的抱月、须磨子一样，两人的关系也以追随自杀告终。但这一事件只在东京引起轰动，并未传遍全国。川路鸨子的人气和知名度均不及松井须磨子，半年后佳人座又因关东大地震毁灭，两人的死遂湮没在关东大地震这一大事件中。

佳人座凭借最后的演出《傀儡有情》而盛极一时，但终究跟不上时代的潮流而消失，它的名字再未在戏剧史上出现过。

川路鸨子的名字，她和绢川干藏之间不满一年的爱情故事，以及绢川干藏自杀的理由，最后都埋没在历史深处。

然而二人的死，对我来说却是终生难忘的事。我是当时佳人座的剧团成员，在《傀儡有情》中饰演以绢川干藏为原型的剧作家，亦即前文提及的年轻演员片桐撩二。我一心想彻底化身绢川老师，演好这个角色，却无论如何无法理解老师突然自杀的理由。

二

绢川千藏邂逅川路鸧子，是在自杀前一年的四月，下町隅田川沿岸的小寺院晓永寺里。寺院后面是绢川恩师鸧岛玄鹤的坟墓。那年春天某日，适逢恩师忌辰，绢川前去扫墓。距离鸧岛坟墓不远处，是一块长了青苔的小小墓碑，一个女人正蹲在墓前合掌拜祭。擦肩而过时，绢川瞥到女人的侧脸，立时停下了脚步。

女人衣着寒素，棉质单衣的袖口已经磨破，肌肤却白得透明。春日的阳光映照在青苔上，光的笔将女人的侧脸细描出来。阳光宛如嬉闹一般，即兴描绘出女人瞬间的画像。

绢川不独为她的美貌而驻足，更因他识得这个女人。大约四年前，她是某剧团的研究生，绢川曾在舞台上见过她一次。虽然演的是个小角色，但微笑时花蕾般的青涩退去，迅速染上红晕的脸颊，还有宛如弹奏细弦般的可爱音色，都深深铭刻在绢川心里。她是典型的日本人长相，鼻梁纤细，西洋人的红色假发并不适合她，然而看起来却楚楚可怜，令人印象深刻。其后绢川留意过她，但四年来再无音信。也许是生活太过贫寒之故，女人比当时憔悴许多，只有如雪肌肤不为寒素打扮所掩，散发着成熟女性的风情。她的美貌不只停留在绢川眼里，更渗入他的全身。

"这个女人可以演小菊——"

绢川在心里低语，定定地望着女人安静闭目诵经的侧脸。当时他正为找不到预定两个月后公演的《贞女小菊》的女主角而苦恼。小菊将自己毫无保留地奉献给老演员，一切唯男人之命是从，同时又有着坚强的个性，危急关头像母亲一样安慰保护年纪可以做自己祖父的男人，是个很难演绎的角色。可是姑且不论演技，佳人座根本没有符合绢川心中小菊形象的女演员。

眼前对着墓碑合掌诵经的女人，宛然便是最后抱着老演员的墓碑追随自尽的小菊。她的容貌很年轻，白皙的肌肤却又透着成熟女人的韵味。

"我不会诵经，可否请你代我在老师墓前诵一卷经？"

女人诵毕起身时，绢川自然而然地脱口说道。女人爽快地应了一声，在绢川引导下端坐在鸨岛墓前，从他手里接过花束，细心地插在坟上，恬静地开始诵经。绢川连向墓碑合掌拜祭也忘了，只是目不转睛地望着女人的侧脸，越看越觉得她就是小菊。原本只是绢川心中幻影的女人，如今突然以现实的形态出现在眼前，想来，这定是恩师在冥冥中促成的缘分。

"这样可以了吗？"女人说着站了起来。

"你以前在维新座当过女演员——"

绢川下定决心开口道。

女人吃了一惊，视线瞬间飘远。

绢川报上自己的名字，她似乎听说过佳人座，"啊"地轻呼一声，退后一步，重新低头致意。

两人简短地交谈了几句。绢川从女人口中得知，四年前那次演出后不久，她就与诗人津田谦三结婚，放弃演艺生涯。生下孩子后，丈夫旋即因胃病病倒，至今还躺在病床上。她自己做些缝缝补补的手工活，丈夫在病床上写诗卖钱，勉强可以度日。

绢川也知道津田谦三，他和绢川同龄，三十八岁，曾在一段时期内以诗闻名，后来就没再听过他的名字。没想到竟是眼前这个女人的丈夫，而且境遇如此不幸。

女人抱起放在花束后的一沓纸。她说这是丈夫写的诗，准备拿去神田的书店卖掉，途中想起儿时过世的双亲，于是过来扫墓。

"这样啊。"绢川沮丧地长长叹了口气，"你既是这种境况，想来不会再回到舞台上了。"

绢川坦率告诉女人，自己正在寻找一名女演员。

"在老师的墓前遇到你，我觉得是一种缘分。本想请你来主演，但你是绝不会抛弃丈夫和孩子的吧。——是我冒昧了。"

绢川说完，行了一礼。女人不否定也没接受，只是沉默地望着绢川。沉默当然是因为无法接纳绢川突然的提议，但那眼神却仿佛在内心细细咀嚼，他的话究竟是什么意思。

那正是小菊的眼神。绢川心里感叹着，恋恋不舍地望着女人。

"万一情况有变化，你觉得可以重回舞台时，请随时来找我。"

他把住址告诉女人，再鞠一个躬，正准备转身离去时，女人突然伸手捉住他身上穿的结城绸和服的袖角。

但只是刹那间的事。

绢川惊讶地回过头时，女人已松开他的衣袖，望着散落在脚下的丈夫诗稿。绢川捡起纸张交给女人，等着她开口，女人却依旧沉默，仿佛什么事也没发生般，只是静静地低着头。

绢川走出寺院，步上隅田川的河堤。过了一会儿，偶然回头一看，女人也跟在离他几步远的身后。绢川停下脚步，想等女人追上来，但他刚一停步，女人也远远停下，不再迈步向前。绢川想朝她走过去，女人却如人偶般摇摇头。虽然幅度小得不易察觉，但显然是表示不可以靠近她。

绢川无奈，只好微微低头行了个礼，继续在河堤上前行。走了一会儿再次回头，女人也再度停下木屐，向他摇头。

就这样，绢川走她也走，绢川停她也停，反反复复许多次。她既不主动缩短自己和绢川的距离，也不拉远距离，像条野狗尾随在绢川身后几步远的地方。每次停下来时，她就用沉静的眼神望着绢川，轻轻摇头。

河堤上连绵的樱花树正开得烂漫，在白色的路上投下鲜明的影子。河风如带般掠过，霎时卷起无数花瓣，旋又吹向彼方。被抛弃的花瓣到了远离枝头的所在，犹如意外的急雨纷扬而落。飘向白色路面时，点点花影随之浮现。花与影即将重合之际，影子也映出了色彩。樱花和淡淡的花影，将路面染成深深浅浅的颜色。

两种颜色随着花和影摇曳，绢川每次回头，女人都异常安静地伫立在那里。

樱花道绵延不绝。

女人就这样跟着绢川走到千代桥。转去神田的路已经离得很远，可知她的确是在尾随自己。过了桥回头看时，女人倚在桥中央的栏杆上。

绢川回到女人面前，问："这些诗卖给我好吗？"

女人摇摇头，然后侧转身，突然拿起一张手中的诗稿，把它丢到河里。

接着又是一张——又是一张。

白纸混在樱花雨中，随着河风飘扬，最后落入河中，慢慢沉没，流去。

这就是女人尾随自己而来的理由吗？

绢川愕然凝视着女人的侧脸。女人只在丢到最后一张时微现踌躇。那是一首题为“妻哟”的诗，底下是一行软弱无力的字迹：“妻哟，你的手为何不拿起刀。”绢川夺过那张诗稿，用尽全力丢到河里。女人吃惊地回过头。

“为什么跟着我？”绢川问，女人只是怔怔地回望着他。绢川提高声音再问一次，女人唇间漏出低低的叹息，小声呢喃：“我在跟着你吗……”

然后自己也不明白似的摇摇头，说道：“可是……老师刚才说可以随时来找你……”

她说得很慢，似乎为了确认那是自己的声音。

“可以随时来找我”，女人被初次相逢的男人这句话所吸引，当场抛弃丈夫孩子，跟随了绢川。但她并没有察觉到自己的决心。在墓前突然抓住绢川衣袖的意义，紧随绢川背影一路跟来的意义，丢弃丈夫诗稿的意义，她全都不明白。尽管不明白，尽管不相信自己的决心，她仍然一边摇头否认一切，一边沿着樱花道跟随绢川而来。绢川心想，说不定女人照顾卧病的丈夫、年幼的孩子已经筋疲力尽，企图寻死才到双亲的墓前合掌拜祭。绢川的一句话，成了即将溺水的女人最后一根稻草。所以她才在茫然不觉中，不顾一切地抓住了这根稻草。

“你是说，你会再次站到舞台上？”

女人没有回答，两行泪水顺着面颊滚落，嘴唇颤抖着，拼命压抑涌上喉头的呜咽。

绢川伸手按在她唇际。

"不许哭。如果你真的要当演员，就要忍住眼泪。——你可以咬我的手指。"

女人的头发埋在绢川腕上，依言咬住绢川的手指。那并不是她自己的意志，而是茫然地一意听从绢川的话。仅是轻轻一咬，绢川便感到自己的血液冲破皮肤，流到女人身体里融化了。

小菊——

绢川情不自禁地在心中低吟。

不知何时，千代桥已笼罩在暮霭中。河堤上的樱花从纤细如线的枝条飘落，静静地融在渐浓的暮色里。

绢川搂着女人到了桥附近的家里，拿出两百元，直视着依旧怔怔出神的女人说：

"今天你先回去，用这些钱料理好身边琐事，然后再来找我。当然我希望你早一点来。"

两天后，女人抱着一个包袱，前来继田町的绢川家。她用一百元请杂院隔壁的卖艺人老婆照顾病床上的丈夫，剩下一百元交给锦系町的姐姐，请她帮忙带孩子。绢川问她丈夫有没有反对，女人只是默然摇头。绢川把早已准备好的和服和饰物递给女人。全身绣着洋甘菊花纹的锦缎和服、杂色发带、藤花簪、描金梳子、蝴蝶带扣——全是十五六岁少女的用品。

女人拈起花簪，讶异地望着绢川。

"我想让你尽快适应小菊的角色，所以准备了这些。小菊是见习艺伎，十六岁。"

如此解释后，女人黑亮的眸子依然泛着困惑之色。绢川不再理会，径自叫来附近的女梳头师傅，替她梳了个桃割髻[1]。梳头师傅离开后，绢川命女人换上和服，取出一个也是事先预备好的化妆盒，先要女人自己涂好白粉，再单手抬起女人未经雕琢的脸，像人偶师给人偶描五官似的，拿起眉笔和口红，在女人脸上描绘心目中的小菊。他全神贯注在指尖，专心描好眉、眼、唇后，双手捧着这张脸，细细审视有无不妥之处。终于他发出安心的叹息，插上花簪和梳子，完成最后的装扮。退后几步打量着装扮好的女人，绢川满意地点点头。

开始低垂的暮色洒下跳跃的光屑，女人看来只有十五六岁，活生生就是小菊。绢川梦想中的容颜已经完美呈现出来，无懈可击的小菊诞生了。惊叹之余，绢川也因过分的完美而感到不安，小指挑起女人的一缕发丝，轻轻揉搓几下，让发丝散落到眉端。

1　明治、大正时期十六七岁少女所梳的发型。

这期间，女人一直以疑问的眼神注视着绢川。

"你想问什么就问吧，从刚才起你就是这种眼神。"

"为什么——"女人怯怯地问，"为什么老师认为我一定会来？为什么这样信任我？"

言下之意，你就不怕我拿着两百元逃走吗？

绢川浮起从容的微笑。

"我一点也不怀疑。我确信你一定会来。"

"为什么……"

"在那条樱花道上，你已经舍弃了自我。你已开始依靠我灌注的意志生活。"

女人的眼眸深处闪着光芒。

"真的吗？"

女人反问，口气就像在说别人的事。她的眼里闪耀的是对绢川绝对信赖的神色，想借由绢川的话弄明白自己的心意。

绢川点点头，重新端坐在女人面前，将《贞女小菊》的剧本放在她膝上。

"你看过松井小姐的《人偶之家》吧？松井小姐的确演得很出色，但我想要的不是娜拉那样的女人，而是可以成为人偶的女人。你要当演员，就要成为我的人偶。每根手指、每缕发丝都必须依我的指示而动。不仅是行动，如果你还有自我没有舍弃在那条樱花道上，也要舍弃得干干净净。从此刻起，你必须只凭我灌注的意志而活。你有这个心理准备吗？"

女人颔首，很轻，但很坚定。

绢川和女人四目相对，点了点头，然后点亮朝向庭院的书桌上的洋灯，吩咐女人坐在书桌前。他摊开一卷信纸，磨好墨，让女人握住笔，自己从后面环抱着女人，伸手覆住女人的手，像教小孩子写字似的，在纸上写下"誓词"二字。

其一，我会成为老师的人偶。

绢川如同人偶师一般，用自己的手操纵着女人的手。在信纸上写下墨字。信纸吸收了洋灯的光，白得晃眼。

其二，我会谨遵老师的命令行动，说他要我说的话，将全部身心托付给老师。

其三，依照老师灌注的意志哭，依照老师灌注的意志笑。

其四，我只相信老师，依赖老师，爱慕老师。

最后以"川路鸧子"这个名字结束。这是绢川从恩师鸧岛和自己的姓里各取一字，想出来的艺名。绢川没有让女人按血指印，而是将她的手指浸在墨里。就在这时，女人一直软弱任由支配的手忽然略略用力，绢川立刻相应放松力道，重叠的双手变成以女人的手为主导。女人主动用手指蘸了墨，在名字旁边重重按下指印。女人指上的力量传到绢川指尖，那力量代表女人的意志。只有指印是凭自己的意志按的，意味着女人完全认同誓词的内容。

绢川移开逗留在女人脖颈的视线，细看她的侧脸。女人合起的眼上，睫毛静止不动，绯红色绉绸的衬领给她的脸颊染上红晕。她似乎在压抑内心的兴奋，腰带不易察觉地起伏着。

"在我心头灼热燃烧的，也是老师灌注的意志吗？"

女人说话时，声音和嘴唇都在微微颤抖。

绢川点点头。

"告诉我，这个时候我该说些什么？"

女人幽幽说完，安静地抿紧精致小巧的嘴唇。

三

两个月后的六月，《贞女小菊》的公演大受好评。有人评说川路鸰子不仅美貌，连演技也令人想起净琉璃人偶[1]。美丽的人偶并非木偶，净琉璃人偶吸取人偶师的生命，开始有了活人的感情，川路鸰子的演出也一样，于极度的沉静中点亮了生命。绢川干藏的策略获得极大成功。舞台上的鸰子，一举一动都已彻底化身小菊。这固

1　日本传统的木偶剧，每个人偶由黑衣蒙面的人偶师抱在舞台上演出。

然是拜绢川的悉心指导之赐，但他并没有指点得如此详尽。排练之初我便发觉，鸫子并不是在演小菊。她不是在说台词，而是将原本就有的心声抒发出来。鸫子和小菊已经浑然一体。绢川所做的，只是解除鸫子的紧张情绪，引导她在舞台上自然流露，以及指导其他演员与鸫子默契配合而已。

临近首演时，睽违舞台四年的鸫子因紧张而显得僵硬。首演的前一晚，绢川半夜醒来，发现睡在旁边棉被里的鸫子不见了。

朝客厅望去，鸫子的背影蹲在窄廊上，俯视着夜晚的庭院。月色清澄，原想开灯的绢川缩回手，悄悄来到鸫子背后，发现她并不是在出神眺望庭院，而是拿着一面镜子，凝视月光映照下镜中的自己。

刚开始排练时，鸫子要绢川告诉她怎样演好小菊，绢川给了她一面镜子，答说："看看镜子，你会看到小菊。"起初鸫子讶异地望着镜子，后来终于领悟到绢川的用意，每当丧失自信时，就着了魔似的拿起镜子凝视自己，逐渐养成了习惯。现在鸫子也是为了缓和明早就要首演的紧张焦虑而照镜子。

感觉到绢川就在身后，鸫子没有回头，而是在镜中寻找绢川。鸫子和绢川的视线在镜中交会，绢川眼里映出鸫子，鸫子眼里也映出绢川。

绢川说，有我在，你不必担心。

鸨子没有回答，逃到客厅，背对站在窄廊上的绢川坐下。一道月光透过窄廊的屋檐，照射在榻榻米上，鸨子摇着镜子，似乎想要掬起那道月光，最终停在某个位置上。镜子折射出虚幻的光影，映照在鸨子的左胸，宛如将那月光注入她心头。绢川站在窄廊上，从他的角度望过去，在镜中看到的是月光照耀下鸨子的左胸。

"你在做什么？"绢川问。

"老师，请你不要动。"鸨子开口说。

一个半月来坚守誓言，未经绢川许可绝不说话的鸨子，第一次自己发出声音。绢川吃惊之余，终于明白鸨子在做什么。注入鸨子心头的不是月光。她是用镜子反射月光，将逆光站在窄廊上的绢川的脸注入自己心头。绢川在镜子里看到鸨子的左胸，所以是鸨子的左胸接纳了绢川。

鸨子沉静地保持这个姿势，久久不动。绢川感觉自己的身体融化在月光中，一点点渗入鸨子心头。

"没问题了，老师已经进到我心里了。"

鸨子低语着放下镜子，发出安心的深长叹息。事实正如她所说，翌日的舞台上，鸨子展现出令人折服的自然演技，简直难以相信她有过四年的空白。

鸨子拥有与生俱来的天赋。她的天赋并没有在近代剧研究所崭露，而是借由佳人座的舞台和绢川塑造的女性角色才初次绽放。鸨子和绢川的邂逅，也使她第一次得到适合自己的爱情。

鸨子终究无法独立支撑起一个家庭，照顾病榻上的丈夫和年幼的孩子。若没有人了解她的心意，她就会变成断线的风筝，无主孤魂似的在空中飘荡。她是一个人偶，没有自己的话语，甚至也不明白自己的心思。如果没有人捉住手足给她注入生命，永远都是被丢弃在角落里发呆。鸨子刚好在合适的时间遇到一个了解自己心意，可以随心所欲操纵自己的男人。只消托付给绢川便能安心活下去，这份安心演变为绝对的信赖，将鸨子和绢川紧密相连。

男人和女人之间的这种羁绊，对剧作家和女演员的关系也有莫大裨益。

在剧团成员眼里，从鸨子跟着绢川出现在佳人座的那天起，两人已经俨如夫妇。在排练场以外的地方，鸨子也对绢川唯命是从，绢川若不开口，她便静静地坐在身旁，几乎不和其他人交谈。

两人可称得上夫唱妇随。但到了这样极致的程度，有时也显得滑稽。例如，大家谈笑风生时，只有鸨子不笑，过后才忽然想起似的正色说道："老师，我现在想笑，请让我笑吧！"绢川点点头，她才独自发出迟到的笑声。从后台出来，绢川已经坐上车了，却久等鸨子不来，叫车夫去催，只见鸨子依旧呆呆地坐在后台，回答说："老师并没有叫我站起来。"

虽然令人觉得滑稽，剧团成员还是很自然地接受了鸨子这种堪称奇异的追随方式。这是人偶师和人偶之间自然而然的一体化，况且了解绢川过去情史的剧团成员，明白他已得到自己理想的女人。以前绢川和林香子的关系曾经引发一连数日的激烈争议，现在大家对鸧子则完全没有异议。

话说回来，绢川并没有把鸧子当奴婢对待。以前绢川在女人面前脾气很大，现在对鸧子却总是温言细语，无微不至。表面上他要鸧子一切依照自己的命令行动，实际上他十分珍惜这个好不容易得来的宝贵人偶，恨不得用丝绵小心包裹起来。

得到鸧子这样绝佳的人才，绢川的创作更增热忱。七月又为鸧子写了《贞女物语》，八月和十二月重演《贞女小菊》，九月和十月也上演了新戏，每一出都获得好评。然后就是新年公演的《傀儡有情》，这出戏被誉为佳人座最出色的演出，也是绢川事业的巅峰。在绢川突然自杀前，两人一直保持着建立在信赖之上的牢固关系。在剧团成员等人的眼里，他们是一对完美无瑕的师徒，也是般配到令人艳羡的情侣。

四

我感觉到两人的关系有某种不为人知的异常，是在进入十一月不久，绢川老师把我叫去的时候。

为了确保正月《傀儡有情》的公演万无一失，十一月剧团休演，十二月的演出也只以重演《贞女小菊》了事。我被选中饰演《傀儡有情》中以老师为原型的剧作家角色。《傀儡有情》是将我们熟知的两人关系描绘得绮丽动人的杰作，对我来说乃是非同寻常的重要角色。拿到剧本后，我就废寝忘食地揣摩剧中角色。

把我叫去的那天，老师漫不经心地说："你必须完全成为我自己。排练开始前，我希望你进一步了解鸨子。从今晚开始，我会叫鸨子每天去你家两个钟头，拜托了。"

由于鸨子一向沉默寡言，我以为老师是制造机会让我们关系更加融洽，于是当晚静候鸨子来访。

直到晚秋的夜色深沉，我已经放弃等候时，鸨子方才到来。她悄立在玄关的玻璃门前，围巾遮着嘴角，只以眼睛向我致意。我虽然觉得她深夜来访有些不自然，但愚昧如我，依然未能领悟老师那番话的深意。当鸨子进到客厅，在纸拉门后开始解腰带时，我才大吃一惊，急忙制止鸨子。

鸨子倏地回过头。"老师说，他一切都交代好了。"然后不解地歪着头。

"你知不知道自己在干什么？"

我忍不住怒气冲冲地质问。鸨子依然侧着头，颔首"嗯"了一声。她的表情毫无愧疚，甚至带着几分纯真，反倒使我有些畏缩了。

"没关系，这是老师的命令……老师对这次的新作寄予厚望，希望你也理解。"鸨子仿如在说别人的事。

即使是老师的命令，我也不能听从。见我坚持拒绝，鸨子最后也放弃了，重新坐好身子。

"那就当作你已经抱过我好了。不然我会挨骂，对你更是不好。你这是在逃避责任啊！"

说完，她伸手刻意弄乱发鬓，将和服的衣领向后倾斜，露出后颈，再松松结好衣带。

"可是……老师问起来的话，我该怎么回答才好？"

"不用担心，他不会问你什么的。"鸨子说。

两小时后，鸨子回去了。果然如她所说，隔天早晨在排练场上碰面时，老师什么也没问。他应该以为我抱过鸨子了，但丝毫不露声色，跟平常一样指导我和鸨子排戏。

那晚，鸨子又来我家。

"如果你不愿意，就坐在那儿好了。"

说完鸨子自己铺好棉被，解开腰带，脱下和服，只穿着淡紫色的褒衣，安静地躺下来。

"我不想违逆老师的话。"

鸨子解释说，随即静静地合上眼睛。胸前的薄衣微微起伏，看似渐入梦乡的脸上，浮现宁谧的微笑。

"老师抱你时，你也是这样子笑吗？"我问。

鸨子闭着眼睛，轻轻嗯了一声。

"那也是老师的命令？"

鸨子还是轻轻点头，然后说："片桐先生，请你把第二幕老师的台词读一遍好吗？"

我拿过《傀儡有情》的剧本。

第二幕是某个夏日的夜晚，剧中的弥须子和龙川，亦即现实中的川路鸨子和绢川干藏已同居了三个月。鸨子为了绢川舍弃一切，成为他的人偶。然而连自我也舍弃了的鸨子，却还有一件事始终难以割舍，就是她寄养在姐姐家的三岁儿子。鸨子瞒着绢川去看孩子，出门时不小心打湿了买来当礼物的手持烟花。她正担心地用浴衣的袖子擦干时，绢川恰巧回来了。看到烟花，绢川发觉鸨子想去看孩子，顿时大发雷霆，厉声斥责。

"你不是发誓成为我的人偶吗？那都是谎话吗？"

鸨子泪眼汪汪地诉说道：

"老师，告诉我，我该怎么办才好？我就是按捺不住想去看那孩子的意念。老师，请让我忘掉这样的意念。"

绢川让鸨子跪坐在窄廊上，吩咐她不要动，然后点燃一根烟花。闪耀的火花形如花儿绽放，转瞬化为黑暗的光滴，消失在他的手指下方。绢川将灼烧着夜气的火花移到鸨子胸前。

"你的意念会变成火屑散落。随着火花每一次消失，你忘不了的意念也会逐渐忘怀。"

语毕，绢川依次点燃烟花。火花将鸨子胸前的浴衣点点灼焦，鸨子忘了热度，一动不动。确如绢川所说，萦绕在鸨子心头的感情化为小小的光之花，一点一滴流淌出来，消失在黑暗中。鸨子心头一片平和，脸上甚至浮现微笑。

"这是真实发生过的事吗？"我问。

脸上同样浮现宁谧的微笑，静静听我读台词的鸨子，没有直接回答我的问题，而是微微露出左胸。白皙的肌肤上隐约可见点点灼痕，就像一捧灰撒在雪地上。

"无论老师说什么，你都能忍耐？"

"不是忍耐。只要在老师身边，我的内心就会变得空空荡荡，老师的意志自然而然地流进来，我就可以依照老师的意志生活了。"

鸨子低语着，又告诉我以下这个故事。

夏天结束时，绢川故态复萌，又到很久没去的柳桥花街流连。每次出门前，他都命鸨子坐在书桌前书写经文，直到自己回来。

鸨子依言写经，两三个小时后绢川回来，逐字仔细检视鸨子所写的文字。他从字迹里看出鸨子的心绪，稍有凌乱便加以斥责。

绢川不但自己出去找女人，有时还把柳桥相好的艺伎招回家，让鸨子款待那女人，自己和她调情作乐。这时他也要鸨子在旁边写经。听着女人的笑声和不堪入耳的言语，鸨子的字迹总不免紊乱，女人离开后，绢川照旧检视鸨子写的经文，然后斥责她："你还没有完全成为我的人偶。"

　　那晚，鸨子忍不住流泪了。女人回去后，绢川看到渗着泪水的墨字，怒道："你并没有从心底信任我。"把那张纸摔向鸨子。

　　"够了，睡吧！"

　　说完，绢川关掉电灯，去了窄廊。

　　天空挂着中秋的明月，泻下苍白的月光。站在窄廊的绢川，长长的影子投在榻榻米上，头部刚好到鸨子膝前。鸨子被内心燃烧的黑暗火焰所驱使，不觉伸手拔下头上的发簪，用那发簪去刺绢川的影子。簪刃穿过影子，深深插进榻榻米里。

　　"你不妨刺得更深——"

　　就在这时，突然传来绢川的声音。鸨子吓了一跳。绢川明明背对自己站在窄廊上，竟然看到自己用发簪刺他的影子。

　　"老师，为什么——"鸨子吃惊地问。

　　"刚才让你用发簪刺影子的是我。在你内心燃烧的嫉妒之火，也是我给你的意志。难道你还不明白吗？"

　　绢川背对鸨子，平静地说道。

"从那时起，我真正成了老师的人偶。"

鸨子说，其后绢川也带过柳桥的女人回家，但她已经可以一字不乱地写经。我不明白绢川老师的心态。如果鸨子的话是事实，那么老师是在以折磨鸨子为乐，利用鸨子的绝对顺从来虐待她，比对从前那些女人还要任性妄为。不过我更不明白鸨子的心态。她忍受了普通女人无法忍受的一切，死心塌地地成为一个男人的人偶。

寒夜清冷的灯光下，鸨子的脸苍白得毫无血色。她合着双眼，脸上泛着似有若无的笑意，宛然便是远离一切悲喜爱憎的人偶。若我侵犯她，她也会保持恬静的微笑，默默接纳我吧！我对这个成为男人人偶的女人心生怜悯，然而这也只是我个人的感想，这个女人丝毫不觉得这样的自己有什么不幸，反而表现出任何女人都无法拥有的深沉的平静喜乐。

我并不认为她是个了不起的女人。相反，我对这个如此信赖一个男人，在信赖中安心的女人感到恐惧。

两个小时后，鸨子又弄乱发鬓，刻意衣衫不整地回去。

同样的事情持续了几晚，到了十一月十五日晚上，鸨子凌晨一点左右才来，平常这时她已准备回家了。

"请当作我今晚也来过了。从明天起我会有两三晚不能来，假如老师问起，请你告诉他我确实来过了。"

玄关前的鸨子如此对我说，声音透着罕见的慌乱。说完，她门也没关好就走了。

之后连续两晚鸨子都没来。十一月十八日晚上十点左右，玄关有响动，我以为是鸨子来了，出去一看，却是脸色有些阴沉的绢川老师。

"鸨子没来吧？"

他已发现门口脱鞋处没有女人的木屐，这样问只是为了确认。我不想隐瞒，坦白地回答了。

"几时开始的？"

"这——"我欲言又止。

"你哑巴了吗？"

老师恼怒地问道。不等我回答，抛下一句"愚蠢的家伙"就重重关上了门。"愚蠢的家伙"像是在说我，又像是在说鸨子。

翌日早晨，我去到排练场时，得知老师有急事，暂停排戏。我正担心两人之间是不是发生了什么纠纷，第二天一早，两人又和往常一样恩爱现身，照常开始排练。我想找个机会问鸨子，我把她没来的事如实告诉老师，有没有给她带来麻烦，可是鸨子一如往常地片刻不离绢川，根本无从开口。

或许是绢川老师不再让鸨子来我家，在排练场外我也见不到她。两三天后，我从剧团同事口中听闻，鸨子卧病在床的丈夫死了。对方也不知道详情，据说是十一月十五日的事。我想起那晚在玄关前，鸨子告诉我将有两三天不能来时的慌乱模样。想必就是在那前后她丈夫的病突然恶化，鸨子接到消息，赶去丈夫身边。自从跟随了绢川老师，丈夫已经有名无实，但无论如何，必定还是想见他最后一面。只是绢川老师连她去看孩子都不允许，这件事更不能让他知道半点风声，所以鸨子才要我替她保守秘密。

谎言败露后，难免有一番争吵，但似乎也解决了。排练场上的两人看起来和以前一样和睦，不，是比以前更加和睦。

曾经有段时期，我认为老师完全是在虐待鸨子。但见到两人的情形，我觉得自己过去的想法是错误的。

两人之间深远而又紧密的羁绊，不是凡俗如我辈可以测度的。那毫无疑问，是一种爱的形态。

五

正月公演从首演就一炮而红，老师自己也对演出满意至极，赞扬我的演技是"简直如同看我自己"。佳人座全体成员生气蓬勃，意气风发，老师成为众人瞩目的焦点。只有川路鸨子与热烈的氛围保持着距离，显得过于冷静。但她一贯便是如此，大家也不以为意。由于老师心情愉悦，两人的关系也较平日更为融洽。

出事的一月六日当晚，十点庆功宴结束后，喝得醉醺醺的老师独自返家，我奉老师之命多陪鹈子一会儿。平常老师若无特别缘故，很少让鹈子离开身边，我当时也没多想，只以为老师是因这次演出成功格外高兴。老师愉快地挥手作别，目送他略显蹒跚的背影离去后，我带鹈子回家。说是陪她，鹈子几乎没说话，只是喝酒，到了凌晨一点钟就回去了。

　　将近凌晨两点时，鹈子又来找我，说："老师没有回家。"

　　我想老师可能又外出了，但鹈子似乎十分担心，于是我陪她回到老师家，一起等他回来。

　　直到第二天演出开始时分，老师始终没有回来。就在最后一幕上演前，传来了他的尸体浮现在隅田川下游的消息。好歹撑到演出结束，全体剧团成员赶去现场。鹈子在后台得知噩耗时，一度心慌意乱，但还是照常演完了最后一幕。面对覆着草席的浮尸，她也只是脸色比平时更苍白些，看起来冷静得过分。后来我才想到，她在后台接到消息的瞬间，就已决定追随而去。这份决心支撑着鹈子，让她坚持演到最后一场。

　　谁也不知道老师因何自杀，但在顺利演完最后一场前，大家都当老师还活着，因此只简单举行了葬礼，七日一次的法事也一概取消，全力以赴地投入演出。仿佛老师的灵魂上身似的，我的演技很有张力，鹈子也保持着冷静的情绪，舞台上的演出一如既往，不见丝毫错乱。

然而每天和鸬子演着对手戏，我觉得这个女人一日比一日朦胧了。在舞台上拥抱她时，她的身子也越来越轻，仿佛灵魂的重量逐日削减似的。

葬礼结束的第二天，开演前我去后台看了看，只见鸬子一个人静静地坐着，双手捧着一方浅蓝色的绸巾。绸巾上放着白色的骨片，应该是老师的遗骨。我出声喊她，鸬子用绸巾将那片骨头轻轻包起，收进怀里。我想在舞台上支持鸬子的，就是她藏在怀里的老师遗骨。但同时我也觉得，就是这片遗骨逐日吸取鸬子的灵魂，削减鸬子的生命。

进入二月，剧团连日开会，共同商讨失去老师后佳人座今后的方针。鸬子有时也会露面，但以心绪不佳为由，从不参与讨论，其他时间几乎都闭门不出。团员们轮流去探望她、鼓励她，然而自从一月的演出结束之后，她给人的印象就是彻底失去了最重要的人，犹如被人偶师抛弃的人偶一般，不言不语，只是出神。从前她就是个沉静的人，但如今的沉静之中，渗出了某种光辉。我再次领悟到，那是老师给予她的光辉。

四十九日法事那天，剧团全体成员一同来到老师家，隆重祭奠老师。之前一天，亦即二月二十二日，我忽然想去看看鸬子。走到浅草街的尽头时，恰好瞥见鸬子从街角的小佛具店出来，手里拿着一盒线香。

"是在准备明天的法事吗？"我出声问。

鸨子似乎不明白我的意思，怔怔地望着我。

"明天不是老师的四十九日法事吗？"

"明天——"

鸨子不解似的反问，旋即"啊"地惊呼一声，手里那盒香也同时跌落地面。那惊慌失措的样子，我只在十一月中旬她来我家那晚，还有接到老师死讯时看到过。

鸨子拾起盒子，急急察看里面的线香有无折断，一边自言自语似的喃喃：

"我以为是后天……记错了一天……"

说完她连个招呼也没打，径自匆匆离去。

这么重要的法事都会记错时间，想来是因为老师过世悲伤过度吧，我不禁替她感到担忧。但翌日的法事上，鸨子表现得很沉稳。为了给情绪有些低落的大家打气，她第一次主动和我们说话，发出与法事氛围不相称的爽朗笑声。

在法事上，有件事令我心生讶异。就在诵经期间，我忽然觉得有什么地方不对，但没等我想明白，已经轮到我去烧香，忙乱间就把这事忘到了脑后。

告辞之际，鸨子把我们送到门口，并感谢大家的多方关照。看到她表情开朗，我们也都放了心。然而事实上，这种仿佛放下了什么似的开朗才最需要警惕。

当晚，鸨子结束了自己的生命。

看到鸨子的遗容，我也流不出眼泪来。这固然有太过震惊的因素，更重要的是，白布下的那张脸一如生前，浮着静谧而安详的微笑。十一月份她来我家的那几晚，同样如此合着眼，脸上浮现似有还无的笑意，宛如沉浸在甜美梦乡。死去的鸨子看起来就像活着一样，反过来说，生前的鸨子看起来不也就像死了一样吗？抛弃一切，舍弃自我，在全心信任一个男人的深切安心中，鸨子很久以前就已经死了。

鸨子没有留下遗书，但显然是追随绢川老师自杀的。老师的死因依旧不明，鸨子也同样从千代桥追随老师而去。不，也许鸨子是唯一知道老师死因的人，只是没有告诉警方和我们。如今鸨子也已离开人世，老师自杀的原因依然是个不解之谜。

六

川路鸨子的葬礼和老师的葬礼在同一座寺院举行。寺里挤得水泄不通，前来吊唁的人比老师葬礼时更多。我再次为鸨子的受欢迎程度感到惊异，然而作为一名演员，她的生命实在太短暂了。

鸨子的亲属中，只有在上野开估衣铺[1]的姐姐浦上芙美参加了葬礼。鸨子的儿子就寄养在她家里，但她没有把孩子带来。浦上芙美显然不愿和佳人座的成员打招呼，在火葬场接过骨灰罐就立刻离开了。

从火葬场回来的路上，我恰巧和经常出入后台的和服店老板同行。以前绢川老师常从他带去的和服衣料里挑选中意的买给鸨子，大多是少女穿的华丽图案，与鸨子的年龄有些不称。

和服店老板说，听说鸨子小姐是身穿丧服自杀的，那件丧服去年年底就做好了。

"说不定鸨子小姐去年年底就知道老师会自杀了。"老板说出一句出乎意料的话。

我细问详情，原来去年临近除夕[2]时，鸨子突然一个人来到和服店，问他能不能在元旦前做好丧服。老板觉得大过年的做丧服不吉利，但还是依照她的要求赶制出来了。没过几天，绢川就死了。

"应该只是巧合吧！"

我假装一笑了之，内心却十分在意。假如和服店老板所说属

1 指旧时将富裕人家穿剩下或嫌过时的衣服收购，再卖给贫苦人的店铺。又称"估衣行"，是当铺的一种。

2 日本的除夕是每年的 12 月 31 日。

实，的确令人觉得鸨子已经预测到绢川会在新年过后死去。可是，怎么会有这种事？

夜色渐深，和服店老板的话压得我心头沉沉的。挂钟敲响十二点时，我不经意地抬头望了一眼，长针和短针重合在一起，宣告今天已经结束，新的一天即将开始。这时我忽然想起老师的四十九日法事前一天，鸨子慌乱地说"我以为是后天……记错了一天"的样子。

这么重要的法事，鸨子怎会记错了一天？如果不是单纯地算错日子，如果对鸨子来说，绢川的死并非普遍相信的一月六日，而是第二天一月七日的话……

老师的死亡推定时间是一月六日，与我们分手后不久的晚上十一点左右。有行人证明，这一时刻看到老师蹲在千代桥上。但如果这时老师只是喝醉了，后来又返回家中，死亡时间是在十二点过后，即一月七日的话……如果只有鸨子知道这一事实……

我脑海里浮现可怕的想象。鸨子那晚离开我家是在凌晨一点。"已经是七日了。"她出门时，我确实说过这么一句。鸨子回到家，看到烂醉如泥的绢川。她把绢川抱到千代桥去。人偶操纵着人偶师，沿着幽暗的坡道走向千代桥。月光将人偶的脸染成苍白，她一动不动，冷冷地望着躺在桥上的人偶师，然后取出藏在袖中的剃刀……

如果人偶在漠无表情的背后，不知何时已燃烧起对任意操纵自己的人偶师的憎恶……如果人偶师是被自己灌注了生命的人偶复仇……然后人偶忍受不了罪恶感，假装殉情，了断了自己生命的话……

如果鸨子一心想着自己是在一月七日杀了绢川，这才导致她无意中犯了那个错误……

我连连摇头，想将这念头逐出脑海，可越是否定，越是挥之不去。

我一夜没合眼，天亮后，脸色沉重地前往剧场后台开会。刚刚痛失老师，又失去了川路鸨子这颗开始璀璨的明星，我们必须重新商讨今后的对策。

就在大家束手无策、面面相觑时，一名团员突然说道：

"说不定去年年底的时候，川路小姐已经知道老师会自杀了。"

他的话与和服店老板不谋而合。我吃了一惊，请他详细解释。

据团员说，那是去年除夕的傍晚时分。这位团员很年轻，时常替老师跑跑腿，那天也是受托去送新年用的辟邪稻草绳。来到老师家门口时，他听到老师和鸨子在里屋谈话。两人的情绪都很激动，似乎在争论什么。

"我要追随老师去死。老师不在了，我纵然活着，人生也毫无意义。"

"可是一月的演出怎么办？那等于是我的生命。你无论如何要顺利演完——"

"我会坚持演完的。等二月的法事结束后……"

根据团员的回忆，鸨子曾经哭泣着要求追随绢川老师而去。但如今看来具有重要意义的这段对话，当时那位团员却并未放在心上，只以为两人是在排练戏剧。《傀儡有情》的最后一幕的确有类似的台词。

"要是早点想起来，或许就能阻止川路小姐殉情了。"团员后悔地说。

听了这番话，最受震惊的人莫过于我。原来老师去年年底就已决意寻死。鸨子知道他的心意，明白自己无法制止后，就要求追随而去。这样一来，鸨子在年关时准备丧服也就可以理解了。昨晚关于鸨子杀害老师的想象，纯粹只是我的胡乱猜疑，我在释然的同时，也生出了新的疑问：为何老师会在年底时决意寻死？为何鸨子会知道？

尽管心中一片茫然，但我已经隐隐有种感觉，老师和鸨子表面上恩爱和睦，其实背后隐藏着无人知晓的秘密。

转眼十天过去，进入三月后，川路鸨子二七法事那天，我前往上野的浦上芙美家，希望拜祭鸨子的灵位。姐姐芙美看我的眼神和葬礼时一样冷淡，她似乎认定是佳人座毁了妹妹的人生，憎恨与剧团有关的一切。不管怎样，她还是带我到了佛堂。

老旧的佛龛上，并列着两个崭新的骨灰罐。一个是鸨子的，另一个应该是去年十一月过世的鸨子丈夫的。从这两个并排放置的骨灰罐上，我意识到姐姐芙美并不认同绢川和鸨子的关系。心追随了绢川老师，遗骨却和丈夫相依，我不禁为鸨子感到悲哀。爱上绢川的鸨子很可怜，失去鸨子的爱，被她抛弃的丈夫也同样可怜。

我从供在佛龛上的线香盒里抽出一支香，正要点火时，蓦地停下了手。我终于明白老师四十九日法事诵经之际，令我耿耿于怀的是什么了。

是线香的颜色。

法事的前一天，鸨子从佛具店出来时，手里拿的是茶绿色的线香。可是翌日的法事上，袅袅生烟的却是暗红色的线香。

而这座供奉着鸨子和丈夫灵位的佛龛上的线香，跟那天鸨子从佛具店买的一样，同是茶绿色。

七

"川路小姐过世前一天，是不是来过这里？带着这盒线香——"

我问。

浦上芙美端茶的手停在半空。

"没错。她说她会有很久不能来，叫我用这盒香祭奠老师。如今想来，她是打算寻死，所以来向我告别。怎么了？"

"祭奠老师？"

我不明白她的意思。鸧子为什么要托与绢川老师毫无渊源的姐姐祭奠他？而且这个姐姐明显很恨绢川老师，不可能在佛龛上供奉绢川老师的灵位，只会供奉她死去的丈夫——

就在这时，我脑中灵光一闪。

"川路小姐的亡夫，听说是位诗人，年纪比她大很多？"

"是的。"

"难道……难道川路小姐称丈夫为老师？"

我禁不住抬高了声音，心脏也随之狂跳。芙美并不理会我的动摇，从厚厚的单眼皮下用冷淡的眼光望着我，轻轻点了点头。

"自从病倒后，他就没有发表过什么好作品了。不过和妹妹相识时，他是小有名气的诗人。不光妹妹，我们都叫他老师。"

说到这里，浦上芙美坐直身子，表情也越发严肃。

"社会上说什么难听话的都有，表面上看，妹妹也的确是他们所说的那样。其实妹妹当演员，像小妾一样跟那个叫绢川的男人同居，都是为了老师的医药费。确实绢川每个月给她很多钱，妹妹也可能有一段时间对他动了心，但自从老师死后，她的心意就完全变了。她说一月的演出不能不演，过后就会辞去演员工作——绢川不是拿妹妹当狗一样看待吗？那跟为了钱卖身做妓女没什么分别，听说甚至不许她出席丈夫的葬礼。丈夫临死前，妹妹只能每晚偷偷抽两小时去杂院看他，葬礼也是我们一手包办的。老师弥留之际，一直呼唤妹妹的名字，妹妹也紧紧拥抱老师……"

芙美用磨破的衣袖拭去眼角的泪水，望向佛龛上的骨灰罐。

"她不能来这里拜祭，所以从骨灰罐带走一片老师的遗骨，时时藏在怀里。好可怜哪，她说一月过后就不再当演员，其实是打算寻死啊……我们这么穷，什么也帮不了她……"

我的内心有某种东西坍塌了。芙美的话也许夸大了鸨子对绢川的恨意，但不可否认，至少有部分是无可辩驳的事实。十一月中旬那晚，鸨子来我家时的慌乱模样和鸨子在后台凝视浅蓝色绸巾包着的遗骨，还有团员在除夕傍晚听到的那句话——"我要追随老师去死"。

"她先生——那位诗人是几时过世的？"

"十一月十六日。"

我用颤抖的手指开始计算。然而不需要了，芙美已经说出答案。

"妹妹死的那天，正好是老师的百日。因为也是绢川的四十九日，报纸上都说妹妹是追随绢川而死，其实只是巧合罢了。妹妹是追随老师——津田老师而死的。"

从估衣铺出来，冬日的街道已经暮色迟迟。店铺门前，一个三四岁的小男孩正用手指在地上画画，无聊地一个人玩着。他应该就是鸨子的儿子，不过看不出鸨子的影子，想必是像父亲吧！从孩子的长相来看，鸨子的丈夫有着细长清秀的眼睛和挺直的鼻梁，是个很有男子气概的美男子。

鸨子，不，津田多美全心爱恋的是她的丈夫。鸨子成为演员，做绢川老师的情妇，变成他的人偶，一切都是为了丈夫。她彻底舍弃自我，表情如此宁谧，并非出于对绢川老师的深切信赖。那张脸上流露的静谧和美丽，是一个为了病床上的丈夫不惜牺牲身体、牺牲一切的女人的高贵气质。为了丈夫的生命——想到这一点，鸨子就能忍受不爱的绢川老师的任何行为和话语，成为他想要的人偶。

为了医药费。

鸨子和绢川老师的关系只是如此而已？

浦上芙美的声音兀自萦绕在耳边，我在暮色低垂的街上信步走着，不知不觉到了隅田川。

冬日的幽暗黄昏中，河水被寒风吹得瑟缩不前。瘦骨嶙峋的樱树枝干，横在宛如枯瘠肌肤的天空中。我沿着河堤走向千代桥，一边专心思索着，浑然不觉寒意。

即使浦上芙美所说的话可信，仍然有一大疑问。如果说川路鸨子是追随亡夫自杀，为何选择与绢川老师同样的地点、同样的方式死去？这也只是巧合吗？就如老师的四十九日与鸨子丈夫的百日偶然重合一样？

巧合——真的是这样吗？倘若背后隐藏着某人的意志……倘若四十九日与百日的重合，老师与鸨子死亡地点和方法的一致是出于一个人的刻意安排……

顺着这个假设，我一步步往前推想。我的手扶着樱花树，支撑身体。

我终于明白绢川老师自杀的动机了。其实很简单，只是我们一心想查明究竟，反而错失了真相。川路鸨子死后，报纸上频频看到"追随自杀"的说法，很多人都这样说过，我也多次提及。可是没有一个人想到，"追随自杀"就是老师的自杀动机。

老师是追随某人而死。之所以谁也没有发觉，是因为那个人在老师自杀时还活着。不是川路鸨子在老师的四十九日追随自杀，而是绢川老师在鸨子死前四十八日追随自杀。绢川老师是追随一个还活着的女人而自杀的。

八

　　川路鸬子起初打算在过世的丈夫四十九日法事那天殉情的。她在岁末定做丧服，是因为丈夫的四十九日就在新年伊始的一月三日，她想在当天穿着白色丧服自杀。绢川发觉鸬子的决心，是在年关将近之际。也许是听闻鸬子在和服店定做丧服，又或是发现鸬子藏在怀里的丈夫遗骨，不然就是得知鸬子手腕上的累累伤痕，是她在丈夫死后，夜里瞒着自己在千代桥上割腕流血。总之，绢川察觉到鸬子殉情的决意，于是向她质问。鸬子一定哭着倾诉自己的心事，表示丈夫死后，自己只有追随而去。对自己来说，丈夫是独一无二的。知道鸬子心意已决后，绢川劝她不要在丈夫的四十九日死，无论如何要把一月的《傀儡有情》演完。《傀儡有情》是绢川倾注生命写出的毕生杰作，鸬子也理解绢川的心情，决定依言演完《傀儡有情》，等到丈夫的百日再死。

　　这是除夕那天发生的事。团员在绢川家门口听到的，正是两人的这番争论。但团员不知道鸬子称她的丈夫为老师，把"追随老师"这句话解释为追随绢川老师。

　　总之，绢川于岁末时知道鸬子将在二月二十三日追随丈夫而死。知道这一点后，我想绢川所做的第一件事，就是计算二月二十三日的前四十八日是哪一天。

　　绢川对鸨子追随自杀的决意采取了默认的态度，因为他比谁都了解鸨子这个女人。鸨子是用线操纵的人偶，如果没有人牢牢握住那些线，她就活不下去。那些线一旦断绝，她就只有去死。绢川确信自己掌握了那些线。他也确实握住了好几根线，把鸨子当成人偶般操纵。然而最重要的线，鸨子的心意之线、生命之线，却握在她病榻上的丈夫手里。

　　绢川大概是从夏天起发觉的。鸨子的确如绢川的人偶般行动，但只限于语言和行为。她假装因对绢川的信任而安心，其实那安心并非来自绢川，而是一个女人全心爱恋病榻上的丈夫，甘愿为他付出一切的安心。绢川发现了真相，可是他不愿承认。绢川爱着鸨子。他涉足花丛无数，第一次遇到理想的女人，于是把自己的感情完全奉献给她。这份爱让他无法承认鸨子对丈夫的爱恋。正如烈火会扭曲钢铁，绢川的爱也因过分炽热而扭曲了。

　　他把别的女人带回家，命鸨子来找我，把鸨子当奴婢般虐待，实际上都是因为他太爱鸨子。川路鸨子这个人偶，唯独缺少的是由他灌注的意志。越是欠缺，越是无法如愿，绢川便越要逼迫鸨子成为自己的人偶。

　　那个月夜，鸨子用发簪去刺绢川的影子，不是因为对绢川因爱生妒，纯粹就是对一个不爱的男人的憎恨。当时绢川手里一定握有镜子，他透过镜子窥视背后的鸨子，在镜子里看到她对自己的憎恨和轻视。可是绢川依旧不肯承认，认定这是自己给她的嫉妒意念。他因这场没有胜算的斗争而焦躁苦恼，更加把鸨子当成人偶，要求她绝对顺从自己。

鸨子丈夫死后，在得知鸨子决意自杀殉情的那一刻，绢川终于不得不承认自己失败了。自己所造的人偶，自己无法随心所欲地控制，对于一个数月来徒然操线的傀儡师来说，只有一死。这份永远无法得到满足的爱，绢川唯有以死来解脱。如果不能阻止鸨子的死，至少可以以身殉情，追随鸨子而去。倘若绢川没有玩弄任何计谋，在鸨子死后自杀的话，谁都会认为他是挚爱鸨子而追随自尽的。

可是作为一个知名的剧作家，心高气傲的绢川向来把这个女人当作人偶驱使，从未流露过丝毫爱意。如果被认为是追随这个女人而死，对他而言是种无法忍受的屈辱。他要让大家都认为不是自己追随鸨子而死，而是鸨子追随自己而死。这并不是什么难事，只要不在鸨子的四十八日后死，而在四十八日前死即可。只需改变一下时间，就能改变两人自杀的原因。不但人人都会相信鸨子是追随自己而死，自己也可以与鸨子在同一地点以同一方式死去。

不，也许让别人相信还在其次，更重要的是，直到最后一刻都不愿承认失败的绢川，要通过这样的做法来欺骗自己，让自己坚信鸨子会追随自己自杀吧。

鸨子第一次察觉到绢川的意图，是在她决意自杀之日的前一天，二月二十二日。鸨子对绢川的死几乎毫不关心，一个月来心心念念的，就是早日追随丈夫而去。只想把绢川的四十九日法事敷衍过去的鸨子，在那一天第一次发现绢川的四十九日和丈夫的百日——也就是自己自杀的日期重合。她从这种重合里看出绢川的意图，才会那般狼狈。

《傀儡有情》描绘的并不是绢川与鸨子的真实关系。故事里周围的人都深信不疑的恩爱之情只是表面，背后隐藏的是一个操纵人偶失败的人偶师的悲剧。至少在《傀儡有情》这出虚构的戏剧里，把两人的爱变成现实——这是一个败给爱情、败给现实的男人，一个愚昧的傀儡师最后的梦。

我到最后都不明白的是川路鸨子为何选择千代桥作为追随丈夫自杀的地点。

夜色已经降临，我沿着河堤继续前行，来到千代桥时，终于想起《傀儡有情》的第一幕就是从千代桥开始的。鸨子为了向绢川表示成为演员的决心，将不啻丈夫性命的诗稿从这座桥上丢到河里。如果那一幕是真实发生过的故事，鸨子虽然为了丈夫的医药费决定卖身给绢川，但注视着丈夫的诗稿随河水流去，她无疑也下定决心，一旦丈夫真的死了，自己也将从这座桥跳下追随而去。

化成无数诗句随河水流去的丈夫的生命，追随其后的鸨子的生命，还有追随鸨子之后的绢川干藏的生命——

这条埋葬了三条人命的河，如同要冲开被初升的月光缠上白色薄衣的两岸般，滔滔不绝地奔流着。

我在偶然间发现了一个傀儡师的悲剧，如今我觉得我可以演好绢川老师的角色。一个将全部身心奉献给一个女人的伟大人物，对我来说是比梦更遥远的存在，但若是爱上一个女人，为了爱而苦痛，为了虚荣而选择死的愚昧卑微的男人，我想我还演得来。

在我内心也有一个愚昧的男人，老师十一月中旬来我家时流露的黯淡眼神，我一定可以当成自己来演绎。我对老师的尊敬破灭了。取而代之的，是对一个男人的共鸣。虽然不知道佳人座明天的命运如何，但站在桥上目送河水流逝，我在心里坚定地告诉自己，总有一天要将《傀儡有情》再次搬上舞台。那时，我会尝试真正演好一个男人。

未完的盛装

（第五话·叶子）

昭和二十二年（1947）

　　叶子望着丈夫乱抓喉咙的痛苦表情，一边听着风声。

　　风声中夹杂着激烈的雨声，这栋挨在美军基地边上的简陋棚屋似乎快塌了。不久前听到收音机里播报，台风将于明早登陆，从今晚开始，沿岸一带会有暴风雨。也许是基地的铁栅栏在晃动，风发出低沉的嘶吼，仿佛要撕裂一切。叶子已分不出什么是风声，什么是丈夫垂死的喘息声。

　　风灌进叶子的身体，将她的最后一丝感情也带去了远处。丈夫紧抱着薄而硬的棉被，已经连翻滚挣扎的力气都没有，只有喉咙还在不停地痉挛。叶子呆呆地望着他，像在看另一个世界发生的事。一星期前，吉野跟她说："这种药可以让他轻松死掉。"接过药瓶时感到的怯意，如今也似乎有些不真实。如果死亡是这么简单的事，为什么不早点下决心动手？

不过话说回来，他到底要熬到什么时候？刚开始痛苦的时候，叶子以为他马上就会死了，可不知不觉已过去了将近十分钟。叶子冷冷地俯视着丈夫那向后仰的瘦削下巴，再次为这个小个子男人的生命力感到吃惊。

公报上登出丈夫的名字时，叶子一心以为他已战死了。然而到了今年春天，他却像小偷一样战战兢兢地从后面的板门探头进来。叶子一时没认出那是自己的丈夫。她做梦也没想到他还活着，那张被炮火灼得焦黑的脸，也全然没有记忆中残存的丈夫的影子，半边脸已烧伤溃烂，一只眼睛也快瞎了，根本就是个陌生人。以向美国大兵卖身为生的叶子化着大浓妆，从前的模样也已荡然无存，但丈夫似乎一眼就认出了她。叶子正想扭头不看那张丑陋的脸时，丈夫却流着眼泪，像条饿极了的狗似的扑上来，吓得叶子大声惊叫。

认出丈夫后，叶子依然无法正视那张脸。空袭时，她见过死状很惨的尸体，可是丈夫的脸和遍布伤痕的躯体，看起来只有更加丑怪。唯一和记忆中相符的，就是那蒜头鼻。消瘦的脸上，蒜头鼻显得比以前更大了。从他回来的第一晚起，每次听到丈夫呼吸，叶子背上就蹿起一股恶寒，觉得那大鼻子会连自己的未来和生命也都吸了去。

　　当时叶子已和吉野有了暧昧关系，突然回来的丈夫纯粹是个累赘。吉野是个黑市掮客，比叶子大六岁，魁梧的躯体裹在黑色皮夹克里，浓眉和黝黑的皮肤充满生命感。躺在他厚实的胸膛里，叶子把什么都忘了。叶子眼看着空袭把一切都化为灰烬，没有遭到破坏的只有土地。吉野就像大地那样可靠，再怎么践踏也纹丝不动，完全不会受伤。自从丈夫回来后，穿着胶鞋踢着泥土走路的吉野看起来更是强壮。跟他一比，丈夫实在太卑微了。

　　停战将人分为两类：走向灭亡的人，和有力量在下一个时代活下去的人。丈夫当然是一个走向灭亡的人，吉野则已迈着稳健的脚步走向新时代。

　　叶子觉得丈夫真是碍眼。两人的关系有名无实，他们是在日本已陷入自取灭亡泥沼的战争末期结的婚，只共同生活了两个月。接到阵亡的通知时，叶子一点都不悲伤。在她心里，这个男人就跟陌生人没两样。可是丈夫却把只有两个月婚姻生活的叶子当成自己的家人，以主人公的姿态闯进叶子在动荡的时代一角好不容易找到的小小幸福中来，而且还打算住下不走了。

　　这个人为什么不死掉呢？为什么还要活着回来呢？每次看到丈夫的丑脸，叶子就禁不住怒上心头。回来的第一个月，丈夫就病倒了。他在战场受的胸伤化脓，患上了腹膜炎。叶子希望他就此死掉算了，医生也说恐怕撑不过三天，可是到了第三天，他却奇迹般地有了起色，然后一直苟延残喘活到如今，已经将近半年了。连声音都不太发得出来的丈夫，裹在又薄又硬的棉被里，拼命抓住比棉被还要单薄的生命撑下去。

起初吉野认为他早晚要死了，有时也会同情地带昂贵的食物来。但过了两个月，他也忍不住发怒了。

"到底几时才死呀！"他拿叶子撒气，好像丈夫没死是叶子的责任。"我可不会给你钱，让你拿去当那家伙的医药费！"吉野一喝醉就发酒疯，呼着酒气对她怒吼。

进入八月，吉野突然沉默了。叶子靠过去时，他总是不耐烦地推开，眼睛一瞬不瞬地盯着喷出的烟雾。叶子开始不安。吉野体格健壮，有权有势，在卖身妇当中很受欢迎。认识吉野没多久，叶子就为了他跟同行姐妹大打出手。吉野从来不愁没有女人。自己有这样一个形同废人的丈夫，说不定在他眼里已成了包袱。

然而，吉野阴郁的沉默另有意义。

到了九月，吉野把叶子叫到空袭时烧毁的钢铁厂后面，交给她一瓶药。"这个药肯定能搞定。"叶子想说点什么，吉野已转过脸，不高兴地咬着看似很苦的烟嘴。叶子几次想开口，却什么也说不出来。也许，她不是想说话，而是想尖叫。

夏天快要结束了，太阳依然把小河炙烤得发白。夏草的腥味充斥着叶子的身体，阳光火辣辣地灼烧吉野裸露的肩膀。

"我要去北海道半个月左右。"说完这句话，吉野就转身离去。意思好像是说，趁我不在的时候干掉他。

叶子紧握着药瓶，拼命支撑住因恐惧而颤抖的身体。虽然害怕，但她知道自己会依言去做。战争最后一年的大空袭，让叶子失去了所有亲人。吞没整条街道的黑烟，至今仍在叶子周围飘忽摇动，将她锁在黑暗里。吉野魁梧的体格和厚实的胸膛，是叶子找到的唯一依靠。不能失去吉野。如果没有了吉野，自己也活不下去……她反复念叨着这些话回了家。

然后就是今天——

药瓶一直藏在柜子的角落，说不定丈夫已经发现了。不，卧床不起的丈夫是不可能发现的，但眼看着他如此受罪依然苦苦挣扎，叶子觉得，这是这个小个子男人对两人杀意的最后抵抗。

风雨更猛烈了。早点死了算了——不光丈夫，什么都毁掉算了，就像那个大空袭的晚上一样。叶子自暴自弃地想着，望向窗外。刚才丈夫嘴里吹出泡沫来，叶子觉得很恶心，于是背过身去。

铁栅栏和夏草在波浪般起伏，对面的跑道一片空旷。风雨将这荒凉的风景横扫无余。

就在这时，孕育着暴风雨的乌云仿佛破裂了一般，从裂缝处露出一片湛蓝的天空。不，不是湛蓝，那片天空闪着盛夏才有的耀眼白光。丈夫似乎已经死了，叶子的背后静悄悄的。但她忘了回头，只是定定地注视着那片天空。其实叶子心里明白，风狂雨骤的天空，不可能出现那样一片蓝天，可是她却清清楚楚地看到了。也许，她是在地狱的底层仰望天空。从天上的小小裂缝里，有人……有什么在静静俯视着她……丈夫的死，她转眼就不再萦怀，那不过是一个幽灵死掉了。可是纵然忘得了丈夫的死，她也永远忘不了那片天空，那片清澄的、闪着光亮的天空——叶子这么想着。

叶子收拾好凌乱的棉被和尸体，在激烈的雨声中等到夜色深沉，这才去了隔壁。邻居是一对在车站前开小吃店的夫妇，叶子告诉名叫美津的太太，丈夫的样子很反常，拜托她请医生过来。她不能说自己在尸体旁边发了一阵呆，所以撒了谎。心地善良的美津对叶子的话深信不疑，立刻冒着大雨冲了出去。

三十分钟后，医生穿着雨衣出现了。虽然是在暴雨中出诊，脸上却没有一丝厌烦的神气。医生姓田口，在附近以温厚出名，对叶子没有康复希望的丈夫一直很亲切。医生只检查了一下脉搏就说："太晚了。"连一声叹息也没有。似乎是无法相信他死得如此突然，医生凝神细看了一会儿死者的脸，最后什么也没说。美津首先放声大哭，美津的老公眼睛也红红的，叶子却哭不出来，只是怔怔地望着电灯泡在丈夫脸上方摇晃。

直到玻璃窗破碎，漆黑的风如浊流般涌进来时，叶子才发出惊叫声。一周前从吉野手里接过药瓶的那一刻起，这声尖叫就一直哽在喉头，到这时终于迸发出来。叶子就此晕了过去。意识模糊后，风不知何时变成黑烟，包围了叶子。她觉得自己还伫立在那个大空袭的夜晚……到处都是惨叫，警报声搅得黑烟怒涛般翻滚。她听见什么人的声音，在向自己求救……是没来得及逃出来的母亲吗？黑烟随着呼吸流进叶子的身体，她知道身体已被烟熏得焦黑，可是依然一动不动。在梦中感觉到意识逐渐朦胧时，叶子反复只念着一句话：一切都化成灰算了……一切都毁灭算了……

从当晚下到第二天的雨，创下关东一带的雨量纪录。各地发生水灾，死者超过三千人。这场台风被命名为凯瑟琳。叶子对这个女性的名字有印象。一个睡过她两三次的美国兵给她看他太太的照片时，不住轻声呼唤的就是这个名字。叶子已经忘了那个美国兵的长相，却对照片里的女人记忆犹新。一头金发随风飘扬，脸上漾着幸福微笑的美国女人，跟来势汹汹的台风一点都不搭。

翌日晚上，举行了只是走过场的守夜仪式。风雨已经平息了，但整个东京都因停电而陷入黑暗，只能用蜡烛代替电灯点到天明。

十天后的九月二十五日，叶子前往汤河原。她跟美津说要把丈夫的灵位带回家乡，其实是去汤河原和吉野会合。

吉野从北海道提前回来，在汤河原的温泉旅馆已经住了好几天。他穿着脏兮兮的法兰绒浴衣，趴在睡乱了的棉被上，不怎么关心地扭头瞥了一眼叶子。因为他什么也不问，叶子于是主动告诉他，已经杀了丈夫，一切都很顺利。

"只是……前天有个刑警来找我……"

"刑警？"

一脸不耐烦的吉野听叶子说到这里，不由得脸色一变，坐了起来。

"刑警来干吗？"

"据说有人寄了张明信片到刑警家，说看到你在工厂后面交给我一瓶药。"

"什么人……"

"不晓得，明信片上没有署名。"

"看到我交给你一瓶药……我的名字也写出来了吗？"

"是啊。"

"那你怎么回答？"

"我说没错，吉野先生确实在工厂后面给了我一瓶药……没事的，你不用这么担心。我说吉野先生向来很照顾我们两口子，那也不是第一次拿他的药。刑警叫我把那瓶药给他，你春天的时候……

哪，就是那人病倒不久，不是带过一瓶营养剂来吗？我就把那个给了他——"

吉野不吭气，意思是责怪叶子不该多此一举。浴衣的下摆开了裂，大腿根都露了出来，他也浑然不觉。

"因为确实被人看见了嘛，我觉得刻意隐瞒反而惹人怀疑。没事啦，不是连田口医生都说，尸体没有任何可疑之处，况且那刑警也再没来过了。"

"什么样的刑警？"

"好像叫樱井，四十多岁，驼背——大概是有哮喘病吧，一呼哧呼哧就直不起腰。"

"这人我不认识。"

吉野干的是游走在违法边缘的勾当，跟好几个警察交过手。

"你在想什么嘛，真的不用担心……"

"不是担心……我在想，寄那张明信片的，搞不好是阿辰那小子……那个时候，我也觉得工厂后面好像有人影。"

"阿辰是谁？"

"就是辰夫呀，时常跟我后面的那个。药是我叫辰夫搞来的。"

叶子想起了那个剃着光头的年轻人。有天晚上她在吉野身后见过他，那时他刚好低下头去。

"你是说，阿辰出卖了你？"

"也不是啦……不过那小子六月份就想跟我断绝关系，说是认识了一个好人家的女孩，想开始做正经事。我答应分道扬镳，条件是替我弄来那种药。"

"应该不是阿辰吧，因为明信片上吉野的吉字写错了……不过奇怪得很，我想不出谁会知道我藏在橱柜里的那瓶药。"

"会不会是你老公？他发现了药瓶，于是暗暗嘱托了什么人，一旦自己有个三长两短，就替他寄这么一张明信片……"

"怎么可能……"

脸色阴沉的吉野让叶子感到焦躁，从背后伸手环住了他的胸膛。叶子一点都不担心。只要跟吉野在一起，就算被警察抓起来也不怕。她用还沾染着丈夫尸臭的肌肤忘情地磨蹭着吉野。

"你真是个可怕的女人！"

吉野说完，一把抓住叶子的手腕，把她推倒在被褥上，压了上去。

是谁把我变成这样的？——叶子望着吉野唇角冷酷的笑意，心里如此低语着，伸出双臂紧紧搂住身上的男人。

同样是九月二十五日，晚上八时左右，美军基地附近的 S 车站前，一个四十多岁的男人在小吃摊呷着劣等烧酒。他知道喉咙发喘是喝了太多廉价酒的缘故，可是如今离了酒脑筋就不灵光。散发着甲醇气息的液体流进干渴的喉咙后，稍微冷静一些的脑袋才开始转动。

男人黯淡的眼神直勾勾地盯着一个点，努力回想着几天前见过的一个女人。他拿出那张明信片时，女人霎时吃了一惊似的，闪避开了眼光……看来那张明信片的内容是真的，女人确实在老公死去一周前，在烧毁的工厂后面从男人手上接过药瓶。女人跟那男人早就有一腿，可是本该战死的老公却在这时回来了，不但回来，还马上病倒在床，对那两人来说，没有比这更大的障碍了。为了除掉这个障碍，他们完全有可能大胆采取行动。女人因为卖身生活，肤色有些发暗，但脸蛋很讨男人喜欢。男的则是靠拳头在黑市讨生活的无赖。虽然医生否定了毒杀的可能，但他多半并没有仔细检验过尸体。那是个随时可能死去的病人，又是在台风肆虐、一片慌乱的当儿。——如果一切就此了结，这起发生在动荡时代一角的小小犯罪，大概永远也不会败露吧！

可是有人发现了两人的蛛丝马迹。那人刻意隐瞒笔迹，用左手写了一张明信片。虽然上面只说看到两人传递药瓶，言下之意无疑是女人丈夫的死与那瓶药脱不了干系。这不是单纯的恶作剧。女人看到明信片时变了脸色，也承认自己确实接过药瓶。写这张明信片的人一定知道更多内情，首先得把这个人找出来。可是，怎么找？

邮戳是新宿邮局，除此之外唯一算得上线索的，就是寄信人写错了男人的名字。男人名叫吉野正次郎，寄信人把"吉野"写成了"善野"。可以想象寄信人跟吉野不是很熟，而且身边有姓善野的人。通常听到"YOSHINO"这个名字时，任谁都会首先想到"吉野"，寄信人却写成了不常用的汉字"善野"，说明他身边有人姓善野，这才导致他先入为主。从"善"字少写了一横来看，寄信人应该没什么文化。不是吉野的黑道朋友，就是叶子的卖身妇姐妹……

"先生，你怎么啦？杯子快碎啦。"

听到老板喊他，男人这才惊觉自己握杯子的手不知何时越握越紧，那只手以难以置信的力道要捏碎杯子。杯子嘎吱作响，里面的酒在晃动。纵然发现了，一时还是松不开手。

老板露出头痛的表情，大概以为他是个酒精中毒的酒鬼。其实并非如此。

战争结束前，他是一名特高警察[1]。战争没有让他损失什么。他原本就没什么家累，而且奇迹般地从未遇到过空袭，毫发无伤地迎来停战。虽然没有外伤，他的右手却留下了谁也看不见的伤痕。特

1　即特别高等警察，属于日本间谍组织。以维持治安的名义，镇压社会主义、共产主义等反体制的思想和活动，以镇压手段凶残著称。"二战"后废止。

高时代，他毒打过数十名嫌犯。冰冷的灰色房间里，残忍的拷问每天都在进行。他的手怎么也忘不了当时的滋味。至今只要看到凶手或者嫌犯，他的手就会不由自主地渴望鲜血和呻吟声。他之所以沉溺于酒精，乃是为了压住手的饥渴感。现在他的手握住的不是酒杯，而是疑似凶手的一对男女。

他用另一只手掰开还在不停颤抖的手，插进口袋里。就在这时，他蓦地想起了那个药瓶。女人交给他的药瓶里，装的确实只是维生素剂，但寄信人在工厂后面目击的应该是另外的药瓶。女人用来杀死丈夫的药瓶哪儿去了呢？之前满脑子都在琢磨寄信人的事，连这么简单的问题都没想到。只要找到那个药瓶，就能证明两人的罪行。如果已经丢进河里，那就无从找起了。不过毕竟是小物件，很有可能还藏在女人家里。

他站了起来，丢下零钱便踏上夜路。虽然心情急切，脚步却很从容，像是生怕惊动了还在远处的猎物，不能不格外小心似的。

风沿着美军基地的栅栏，从长长的道路吹拂而过。

从汤河原回来，隔壁的村田美津告诉叶子，她不在家的时候刑警又来了。是夜里来的，好像有事要问她。也许是隐隐感觉到刑警在调查什么，美津说完就噤口不语。回到家里，叶子发现家具什物的位置有了不易察觉的变动，挂在窗边的丈夫的复员服掉在地上，皱巴巴的。刑警一定是趁她不在时进来搜查过。他到底在找什么……

第二天晚上，叶子在酒吧街到处找吉野，一找到就把他拉到一边，急急地说了这件事。

"你别瞎操心了，我不是说过，最好一个月不见面吗？"满身酒气的吉野，只冷冷地回了这么一句。

可是几天后，他自己半夜三更悄悄来找叶子。吉野喝得通红的脸上喜笑颜开，拿出一份当天的早报。

"那个刑警是叫樱井吧？"

说完，他把一篇不起眼的报道指给叶子看。很容易看漏的角落上，登着 T 警署刑警樱井吓三在酒馆酗酒闹事，被开除公职的消息。

"樱井这家伙今后要为生计伤脑筋，不会有心思纠缠我们了。他在警署里也是出了名地乖僻，明信片的事似乎谁也没透露，只是一个人四处调查。署里的其他刑警都不知道这回事。"

"可是，万一有人再给警察写信呢？"

"没事的。只要找不到那瓶毒药，就什么证据也没有。只要不是特别偏执的刑警，就算接到信也只当恶作剧，不会死心眼地追查下去。药瓶你已经照我说的丢进河里了吧？"

叶子沉默地点点头。其实是丢在了屋后的垃圾场，但她知道如果照实说了，吉野会神经质地太阳穴直跳："为什么不照我说的去做？"打从在汤河原提起刑警调查之事开始，叶子就发现身强力壮的吉野，内心其实很胆怯。从他今晚兴高采烈来报喜来看，尽管他嘴上很强硬，但这几天都在害怕那个四处打探案子的刑警身影。

"新宿有个不错的店快要到手啦。"

吉野兴冲冲地说完，把叶子推倒。

战后第二年，接近年关时，叶子在新宿的一条后巷开了家酒廊。这是吉野用恐吓手段从以前的业主手里夺过来的。虽然店面不大，叶子对应酬男人也轻车熟路，但一个人独自打理一家店，还是忙得不可开交，再也无暇去想其他。

临近除夕，一个看来要下雪的寒夜，进来一个像是误打误撞找到这里的男人。叶子一时想不起他是谁。男人是有些邋遢的劳动者模样，一进来就盯着叶子看。开店没多久，叶子的美貌已在附近出了名，光顾的男人大都醉翁之意不在酒，是冲着她的身体来的。那个男人的眼光执着地扫遍叶子全身，让她颇感不快。冷淡地把酒杯摆到男人面前时，叶子从正面看到了男人的脸，可还是想不起他是谁。男人一口气喝干一杯酒，正要将杯子搁回桌上时，突然弯下腰，痛苦地咳嗽起来。叶子终于想起来了。她记得这从喉咙里挤出的咳嗽声。

"好久不见——有三个月了吧？"

见叶子盯着自己，男人在咳嗽的间隙如此回答。他怀念地微笑着，眼角现出密集的皱纹，眼睛却一瞬不瞬。

男人右手握着的空杯子不住晃动，发出刺耳的声响。他的手在剧烈地痉挛。

"这只手害我被解雇了。它不听我使唤。清醒过来时，我正在殴打什么人……"

玻璃碎裂的声音让叶子忍不住尖叫。起初她以为是男人捏碎了杯子，其实是自己手里的酒瓶滑落在地。

"我找了你好久。你是趁后来回老家那阵子，搬去别的地方了吧——希望你解释一下，这是什么意思。"

男人用另一只手拼命压住颤抖的手，从口袋拿出一件用手帕包住的东西，放在桌上。脏兮兮的手指和雪白的手帕很不协调，吸引了叶子的注意力，一时想不起里面的小玻璃瓶是什么……她去汤河原的时候，男人在她家里翻箱倒柜，终于从屋后的垃圾场找到了药瓶。当初为何不依吉野的吩咐，把它丢到河里去呢……

叶子的眼前一片漆黑。黑暗中，只有男人的眼睛发出针尖般的锐利光芒，朝她刺过来。

昭和三十七年（*1962*）

一

这年夏天将结束时，一个男人来到赤松开在新宿车站西出口后巷的律师事务所。

事务所位于一栋战后不久建起的六层大厦。在当时是栋引人注目的高楼，如今已淹没在林立的现代化大楼中，老旧而落伍地矗立在道路一侧。

男人年约四十五六岁，带着 K 议员的介绍信。

"你和 K 先生是什么关系？"

"呃……我……我在歌舞伎町开了家酒廊，叫'叶子'。叶子是我老婆的名字，她是店里的妈妈桑，我是老板……K 先生是我们店的常客……"

男人结结巴巴地说。赤松没听说过这家店，但若是 K 常去的地方，不难想象是相当高级的酒廊。事实上男人穿的衬衫价格不菲，体格也算魁梧，但可能是身体不太好，肤色灰暗，贴在与年龄不相称的瘦削骨头上，给人的整体感觉是寒酸而没有生气。

"那么，你有什么事呢？"

"老实说……有人恐吓我们……我和我老婆。"

"恐吓？"

"有个名叫歌江的女招待，去年十月来我们店里上班，今年三月，她偶然掌握了一个秘密……这女人本来就品行不端，原打算很快辞掉她的，但自从掌握了那个秘密，她就在店里摆出一副不可一世的嘴脸，我们也不敢叫她走人……"

"她向你们要钱？"

"是的，半年间拿了将近一百万……这个月初，我们又给了她二十万，说好是最后一次，拿到就从店里辞职……可是三天前，她又打来了电话。"

男人说话的方式，像是把话闷在嘴里咀嚼，听来好似老人在嘟嘟哝哝地抱怨。赤松暗想，他名义上是酒廊老板，实际上恐怕是靠老婆开店赚钱的软饭男。他似乎害怕和赤松的视线接触，总是怯生生地四下张望着。

"那个秘密是……"

"呃，歌江那家伙以为……我们在十二年前犯了罪。"

"请你再讲清楚一点好吗？"

"只是歌江这么以为啦……她以为我和老婆叶子十二年前杀

了人。"

"等一下。你说只是那个女招待这么以为，意思是你们过去并没有犯罪喽？那又何必害怕对方的恐吓？"

"这个嘛……"

男人想说什么，舔舔嘴唇又把话咽了回去，沉默不语，似乎不晓得该怎么说才好的样子。

"你们当然没有杀过人吧？"

"呃，这个……"

"有吗？"

"不是……嗯……"男人尴尬地咂咂嘴，才说，"好，我全都坦白了吧。我就是为此而来的——事情是真的。我和老婆杀了一个人。那是很久以前的事了，我们都快忘了……"

"没有破案吗？"

突然听到他承认杀人，赤松一时不知所措，禁不住大声问道。男人轻轻点一点头，为难地咂了几次嘴，抚着脸颊说：

"也没有谋杀那么严重啦。我老婆以前有个老公，应该战死了的，战后很久又突然跑回来，跟着就得了腹膜炎病倒了。医生也说已经无可救药，在床上躺了快半年，痛苦得要命。我们看他那么受罪，商量着不如让他解脱算了……刚好那时弄到了一种药，可以让他死得轻松点。"

"可是用了药就是用了药啊。"

"是啊……所以要说杀人，也确实是杀了人。"

"医生没发现吗？"

"没有……反正是个随时会死的病人嘛。"

赤松把椅子往后移了移，以便从稍远处观察男人。男人逃避他视线似的斜斜低下头，太阳穴上浮现的细血管在神经质一般地颤抖。这个胆小的男人应该不会说谎，可是他的话里还有许多难以理解的地方。

"你确实知道自己在说什么吧？作为律师，我的职责是维护犯罪者的权利，可是有人坦白杀了人，我就必须采取法律上的行动。我不能不报警。"

"是啊，我也觉得应该去找警察。不过在那之前，我们想先跟先生商量一下。"

"就是说，因为受够了歌江的恐吓，你们打算自首？"

赤松不能理解的就是这一点。就算那叫歌江的女招待再怎么作威作福，也不过在半年里敲诈了一百万而已。难道就因为忍受不了这样的勒索，把隐瞒了十二年的犯罪这么简单地招认出来？

"不，不是这样。"男人似乎看出赤松的疑问，连连摇头，"这件事跟歌江没有直接关系，我们无法忍受的是另外一个男人的恐吓。"

"你是说，还有一个人知道你们的犯罪而恐吓你们？"

男人点点头。这回他不住地叹气，然后一点一滴地说了出来。

男人和现在的太太杀害太太前夫没多久，一名刑警就对前夫的死起了疑。刑警掌握了充分的证据，足以揭发他们的犯罪，却刚好在那时因一件小事被迫辞职。为了生活，他换了种方式利用那份证据。那年年底，前任刑警出现在店里，出示证据敲到了第一笔钱。直到目前为止，陆陆续续敲诈了两人将近六百万。他每年来店里一两次，说些阴阳怪气的话："哟，店子越开越大啦！""赚这么多钱，很头痛吧！"说完就离开，然后每个月寄一次信来要钱。信上要求他们把钱寄到指定的邮局，金额逐年增加。就在两人对前任刑警的恐吓达到忍耐极限时，歌江偷看了收在手袋里的敲诈信。

"我们跟歌江说，那种信是乱写的，可是歌江大概以前就感觉到那些信见不得光，态度很强硬，我们毕竟做过亏心事，终于还是一次次给了钱……光是那个刑警的勒索就已经让我们走投无路了，到了现在这地步，我们觉得不如把一切告诉警察，落个痛快。"

说到这里，男人突然想起似的从裤袋掏出一个厚信封，递给赤松。

"这是一点小意思。"

"不用。"赤松向来除了辩护费外分文不取，他把信封推了回去。"除非是预先支付的辩护费，我才会收。"

赤松不经意的一句话，却让男人意外地抬起头。

"我想应该用不着辩护费……"

"——？"

赤松不明白他的意思，以表情向他询问。

"我们杀人的案子，应该不会被审判了。"

"可是，你不是打算去自首吗？"

男人没有回答他的问题，突然问道："今天几号？"

赤松扭头看了一眼挂在门口墙壁上的日历。

"九月十五日。"

男人自己也扭过头去，像是要再次确认赤松的答复似的，以阴冷的眼神注视着日历。

"那么，我们的犯罪已经过了时效了……我们杀人是在那一年的九月十四日，也就是昨天。"

赤松禁不住探身向前。

"等等……你刚才不是说，是十二年前杀的人吗？不管什么样的案子，既然杀了人，时效就是十五年。"

"不，那是个误会。刚才我不是说，只是歌江这么以为吗？那个刑警的字很烂，歌江是趁我老婆暂时离开的当儿匆忙偷看的，所以看错了。信上写的是：'如果不想让警方知道十五年前的杀人事件，就把钱寄到指定的邮局。'十五年来，樱井寄来的恐吓信内容都一模一样，所以可以肯定……歌江看到的'五'字刚好笔画不太清楚，连我们看着也像'十二年前'……我们就让歌江这么误解着，一直等到今天。若是被她知道时效已近，不晓得她会做出什么事来……不过到了昨晚十二点，一切终于结束了。"

直到这时，男人才第一次正视吃惊的赤松。他皱着眉头，脸上却是又想哭又想笑的样子。

"我想请先生将这件事告诉歌江。时效一旦成立，她的恐吓也就没用了……当然也可以由我们来说，不过我们觉得由先生这样的法律专家来说更有效……"

说完，男人再次把放在桌上的信封推给赤松，这回他的态度很坚决。

二

当天晚上，赤松就去找那位叫木岛歌江的女招待。下午来访的男人名唤吉野正次郎，他希望尽快解决这件事。十五年来饱受恐吓之苦，一旦获得法律上的自由，他们要求尽早摆脱麻烦的状况，也是可以理解的。

其实问题的关键不是歌江，而是那个姓樱井的前刑警。但因为不知道他的住处，于是先处理歌江的问题。赤松单独去找她，是因为担心有吉野在场，事态容易失控，同时想趁吉野不在时，向歌江打听一些情况。吉野的叙述里仍有他难以理解之处。

说起来，赤松自战后不久开始执业，奇奇怪怪的案子也遇过不少，这种委托还是头一遭。他要出面做犯罪者和恐吓者之间的调停人。歌江今年二十一岁，出生于太平洋战争爆发之年。对于四十六岁、青春时代都在黑暗战争中度过的赤松来说，最难对付的就是这种战后长大、被称为"虚无颓废派"的少女。她们像麻雀一样叽叽喳喳，心直口快，反而无从着手。

歌江住在大久保车站附近的一栋公寓里，杂乱无章的公寓还残留着战争刚结束时的痕迹。歌江个子娇小，一张娃娃脸，比想象中天真。几乎无法相信这样一个少女会将一对年纪可以做她父母的男女玩弄于股掌之间，但她那没有化妆的粗糙肌肤，还有烫得乱蓬蓬的头发，又带着点玩世不恭的感觉。

"哦，有这种法律吗？"

歌江正准备上街，一面对着镜子细细描眉，一面头也不回地对赤松说。

"那就没法子啦，只能放弃啰。然后呢？这回想反过来告我？"

"不，他们并没有这个想法。不过吉野先生在新宿开着酒廊，倘若有谣言传开，对他会很不利，所以如果你把那封信的内容泄露出去，他们就会采取法律行动。"

"现在轮到我被恐吓啦。可是怎么证明我恐吓过他们？"

"只要一查你的存折就知道了。而且你以前和吉野夫妇的对话，他们偷偷录音了。"

"哟，准备得还真周到呢！"

化着大浓妆的歌江吃惊地回过头。其实从吉野那儿听到录音的事时，赤松也同样吃了一惊。看来他们深知一旦时效成立，自己在法律上就会立于不败之地，因而精心准备，静等这一天的到来。

"好吧，再给我二十万是吗？那我也没话好说了。"

赤松把吉野托他带来的钱搁到矮桌上，歌江飞快地点了一遍。

"那么我也忘掉看过那封信的事好了。其实我本来没想要钱的，是老板一个劲儿纠缠我，为了摆脱他，我才透露说偷看过那封信，他就主动给我钱——最初是这样开始的。我很同情妈妈桑。"

"同情？"

"那个所谓的老板，根本就是个游手好闲吃软饭的，整天沉迷于赌马赌自行车赛，白天也喝得醉醺醺的，店里的女招待几乎都被他揩过油。你见过妈妈桑没有？"

"还没有。"

"大美人一个，头脑也好，偏偏死抓着那种混账老公不放。去年年底，我刚到店里上班没几天，老板就跟一个叫龙子的女招待勾搭上了，要把妈妈桑赶走，把店交给龙子打理，甚至闹到了动刀子的地步。那种男人，妈妈桑早就该甩掉了，受了那么大委屈，还是死心塌地地跟着他，真是个可怜的女人。"

歌江并不避忌赤松的眼光，麻利地脱得只剩内衣，换上一条花里胡哨的黄裙子。

"对了，那两人杀了谁呀？信上只说杀了人，也不知道是谁。"

赤松心想还是不说为妙，于是岔开话题，问起偷看那封信的经过。

"话说回来，那封信是怎么回事？"

不知是因为二十万了结了这件事而安心，还是丝毫没有意识到自己的行为是犯罪，歌江滔滔不绝地说了起来。

今年三月，歌江偶然从邮差手上接过那封信，交给妈妈桑。妈妈桑脸色大变，一把抢过去藏进手袋里。后来歌江无意中瞄了一眼更衣室，发现妈妈桑的手袋丢在沙发的角落，看样子是去洗手间了，她一时好奇心起，偷瞄了手袋里的信，看到的内容和吉野说的一样。

"你把十五年前看成十二年前了。"

"当时我也觉得有点奇怪，那个字看着不像是'二'，原来是'五'啊。不过我根本不晓得有那种法律，十五年前还是十二年前，对我来讲都没差……"

"你不认识寄信人吧？"

"嗯——不过我见过一次。"

"几时？"

"上个月。那天很热，我比平常提早到店，看到老板在和一个男人谈话。我只看到男人的背影，脖子上缠着看似绷带的东西，大夏天也咳个不停。老板慌忙把我赶出去，我心里就有数了——那个男人也在恐吓他们吧！他敲了多少钱？"

赤松随口应付过去，离开了公寓。事情出乎意料地轻松搞定，让他松了一口气。从歌江的性格来看，虽然不能保证她从此守口如瓶，但她只是贪钱，本质上并不是坏女孩。赤松甚至有点欣赏她的直爽坦率。反倒是委托人吉野看起来很怯懦，却总有种藏着什么心机的感觉，不可疏忽大意。

归途中，赤松去了吉野的店，向他报告结果。

叶子酒廊的招牌并不起眼，入口也很狭小，里面却意外地宽敞。灰色地毯和玻璃的巧妙运用，令室内装饰显得格调高雅。

吉野立刻发现了赤松，将他引到里面的私人房间。

听赤松说了结果，吉野露出安心的神色。

"现在的问题就是那个前刑警樱井了。吉野先生，歌江说一个月前，她在店里见过一个疑似樱井的男人。"

"没错，当时他突然打来电话，约在店里见面。"

"当时没有索要金钱吗？"

"要了十万，我给了他。他说想去旅行。"

"他有没有提起时效的事？"

"他嘟哝过一句——九月十四日就到时效啦……不过也就这一句。"

"那就不必担忧了。樱井以前当过刑警，知道时效一到，你的处境就变得有利，所以应该是逃走了。"

"那就好……不过他不像是个会轻易罢手的人。"

十五年来深受恐吓之苦的男人，太阳穴的血管依然在神经质一般地颤抖，对赤松的乐观似乎不以为然。可是现在也别无它法，只能等待对方表态。临走前赤松嘱咐吉野，一旦樱井再有联络，立刻通知自己。

"你太太呢？"

"她刚出去了一会儿。不过她会再去拜访先生的……"吉野答道。

可是几分钟后，赤松就见到了叶子。

赤松谢绝了吉野喝酒的邀请，正要走出酒廊时，撞到了一个冲进来的和服女子肩上。红色霓虹灯的暗影下，几乎贴在一起的两人面面相觑，惊异地互相打量着对方。

"您要回去了吗？多谢光临。"

女人误以为赤松是客人，低头致意。

"你是吉野叶子女士吧？"

"是啊……"

女人抬头望着赤松，眼神有些畏缩。她光亮的头发上插着银梳，眉薄脸小，白皙的肤色浮在暗夜里。

"敝姓赤松，是你先生下午委托的律师。"

"……律师先生？"

女人茫然地反问了一句，然后终于反应过来赤松身份似的微微一惊，下一瞬间，她蓦地伸出手，掩住了赤松一直注视自己的眼睛。但这只是一瞬间的事，赤松还来不及惊诧，女人的手已经离开他的脸，藏进浅蓝色的袖子里。女人困惑地咬着手指，似乎自己也不明白为何会挡住赤松的眼睛。

"对不起，太突然了……这次给先生添麻烦了。今晚我有急事，改日再上门拜候。"

女人恭敬地鞠了一躬，逃也似的消失在门后。

坐上计程车的赤松，眼前依然隐约闪现着刚才那一瞬间，被奇异的色彩和味道包覆的黑暗。女人明知他是律师，还是忍不住想挡住他的眼睛，莫非是本能地不想让他看到自己的脸？赤松只是被她的美貌吸引而注目，但在女人看来，却是第一次作为犯罪者被人审视，所以才会在急切间遮住他的视线，以保护自己隐藏了十五年的犯罪吧！

"去什么地方？"

司机的询问让赤松回过神来，发现车子还没开动。他用粗糙的手指揉了揉眼睛，拭去女人的手留在眼上的触感，把目的地告诉司机。

司机说话的声音十分嘶哑，不知道是不是天生的。听着那嘶哑的声音，赤松脑海里浮起一个男人的影子。影子的喉咙包着白色的绷带，那是十五年来不断恐吓吉野夫妇的前刑警。尽管素未谋面，影子的存在感依然如此强烈。赤松开始理解为什么在时效已经成立的今天，吉野还是对那位恐吓者顾虑重重。一个连续勒索了十五年的男人，最后只要了十万就乖乖收手，的确不合常理。如果打算逃走，应该利用最后一次机会狮子大开口才对。

这个叫樱井的男人，该不会另有图谋吧？——车窗外霓虹灯的缤纷色彩，在赤松眼里幻化成十余年前焦土上丛生的死者鬼火，心头隐隐有种不安的感觉。

赤松的不安在翌日应验了。

八小时后，初秋的冷冽夜空开始泛白时，距离新宿不到三十公里，位于美军基地附近的 T 警署电话响起。

一个男声告诉接电话的警官，住在北新宿的吉野正次郎和其妻叶子十五年前杀过人，自己握有确凿的证据，那是一个附有吉野夫妇指纹的药瓶，今早就会寄到 T 警署。男人简明扼要地说着，平静到近乎冷漠。警官一再问他名字，但他不肯透露。大概是用手帕蒙住话筒的缘故，干涩的声音毫无特征，只是不时传来痛苦的咳嗽声。

男人最后又咳嗽了一阵，搁下话筒前，他缓缓说道：

"最好尽快逮捕他们——因为连今天在内，时效只剩下三天了。"

三

赤松刚到事务所不久，吉野就打来了电话。客气了两句之后，他急切地告诉赤松，今早有个疑似樱井的人打电话到 T 警署，上午刑警已经上门找过他了。樱井在电话里揭发了两人十五年前的犯罪，并将他们用过的药瓶寄去了警署。

"那你怎么跟刑警说的？承认犯罪了吗？"

"是啊，没法子嘛。刑警提取了我们的指纹，只要跟药瓶上的指纹一比对就知道了……不过时效已经成立，我想不用担心，只是……"

吉野担忧地说出樱井打给 T 警署电话最后的奇妙警告。

赤松收线后，立刻冲出事务所，前往北新宿。

吉野住的公寓很寒酸，不像是拥有高级酒廊的老板。不过共有四个房间，进门的房间摆着沙发，挂着画框，收拾得很像客厅的样子。吉野大概是在睡梦中被叫起来，头发乱蓬蓬的。

叶子一身朴素的洋装，和昨晚判若两人。阳光下毕竟隐藏不住实际的年龄，可是依然有种动人心魄的美。她站在惊慌失措的吉野身边，微垂着眼，似乎有意避开赤松的视线，予人十分文静的印象。

"樱井说时效还有三天，到底是怎么回事？"

"我们也什么都不知道——她那老公肯定是九月十四日死的，十五年前的九月……"

说到这里，吉野忽然想起什么似的，回头向叶子确认："是吧？叶子，不会有错吧？"

赤松觉得奇怪。听吉野的口气，记得正确日期的只有叶子一个。一问才知道，十五年前的犯罪是由叶子一个人实施的，当时吉野去了北海道旅行。他知道结果时，已经是九月二十五日的事了。

"不过，肯定是十四日，错不了的。"

"先生，樱井那家伙到底想干什么？一个月前他来店里时，还明确说过时效是十四日。"

"大概是想骚扰你们吧。时效成立使你们获得法律上的自由，但并不代表所犯的罪消失。你们经营那样一家高级酒廊，自然也就有社会上的立场。假如过去的犯罪被世人知悉，难免会有麻烦事——樱井的目的也许就在这里。不过樱井明知自己也会因恐吓罪被追诉，还是下定决心走出这一步，恐怕不只是骚扰那么简单。除了勒索之外，他对你们两位有没有特别的个人恩怨？"

叶子转头望向垂头丧气的吉野，似乎担心他不知会说出什么话来。她的眼神有些冷淡。

"完全没有头绪。"吉野低着头答说。

"不必担心。只要查一查，很容易就知道时效是十四日。"赤松起身安慰道。

一小时后，赤松发现那只是自己乐观的想法。

"我先回一趟事务所。"他刚说完，敲门声响起，早上来过的刑警们再度登门造访。

"听你们说了经过，我想是那个叫樱井的男人有所误会……"

赤松抢先开口。不等他说完，刑警就打断了他的话。

"误会的好像是这两位啊。"

刑警说完，取出一张纸来。看到纸上写的文字，吉野惊叫一声，叶子也吓得捂住嘴角。

那张纸是十五年前杀人事件的被害者——宫原定夫的户籍誊本。死亡年月日一栏清楚地记载着：昭和二十二年（1947）九月十八日下午五点三十分。

"一定是什么地方搞错了。"叶子的声音在颤抖，"我记得当时田口医生在群马县的家人遭了水灾，所以他忘了写死亡诊断书，立刻赶回老家……等正式申报死亡，拿到埋葬许可，已经是四五天后的事了。不是医生就是区公所的人搞错了。"

"死亡申报书是你填报的吗？"

"不是。医生说耽误了时间很对不起，拿了我的印章亲自去办的……因为我闻到尸臭就会恶心。"

"那位田口医生现下在什么地方？"

"很久以前就听说他搬家了，不过不晓得搬去哪里了。"

"你丈夫去世时，还有其他人在场吗？"

"有位邻居大婶村田美津。后来再没见过了，她应该还在车站前开着饭馆。"

"可她是个局外人，怎么可能记得那么久远的日期？"刑警冷冷说道。

"那晚凯瑟琳台风登陆，大婶还说怎么死在这样一个晚上，她应该记得的。"

凯瑟琳台风的确在那年九月十四日到十五日登陆的，给关东一带造成严重损失。

刑警离开后，吉野一脸怒气地问：

"叶子，不会是你记错了吧？"

叶子猛烈摇头，似乎不是在否定吉野的质问，而是表示连她自己都不知道。

第二天下午，刑警带着村田美津的答复再度来访。由于村田美津昨天出门温泉旅行去了，所以迟了一天。当时赤松正在和吉野夫妇谈话。

刑警以公事公办的语气告诉他们，村田美津证明，宫原绝对不是死于台风之夜，而是台风过后三四天。

"怎么可能——"

叶子忍不住双手捂嘴。刑警乘势追击似的又说，还有一名证人断言，命案不是发生在九月十四日台风之夜。

今天一早，樱井再次打电话到 T 警署，让警方调查一个住在池袋的男人水野辰夫。

水野辰夫是当年在吉野手下做事的年轻人，离开吉野后，一度改邪归正，但最后还是沉沦黑社会，如今过得跟小混混没两样。水野加入黑社会后，还不时出现在吉野的店里，去年跟吉野大吵一架，从此断绝来往。据刑警表示，水野承认十五年前的夏天受吉野之托，替他弄来那瓶关键的药。而且水野知道吉野和叶子的关系，怀疑那瓶毒药是用来害死叶子的丈夫，对叶子的动向格外留意，因此清楚记得叶子丈夫是在台风登陆四五天后死亡的。

"叶子，你——"

吉野死死瞪着叶子。若是这样，叶子记错的可能性就更大了。

茫然失措的叶子，突然一把抓起手袋，梦呓般地喃喃着：

"我要去见村田大婶，我要当面问她，是她记错了……"

赤松拦住企图冲出门去的叶子。

"等一下。对了，刑警先生，田口医生那边情况如何？他不是目前最重要的证人吗？"

刑警表示，田口十年前搬家后去向不明，现在正在寻找他的下落，然后表情不快地告辞了。

樱井的电话随后打来。接电话的吉野脸色剧变，回头看向赤松，赤松马上知道是谁打来的。

吉野对着话筒激动地说："你现在在哪儿？""你不也说过是十四日吗？""你连辰夫也收买了？""还有田口医生，他一定可以证明。"

见吉野色厉内荏地嚷个没完，赤松说服他让自己来听电话。才报出律师的身份，对方就说：

"律师先生吗？这两人的事你最好别管，他们输定了。"

不等赤松开口，电话已经挂断。那是个毫无特色的低沉声音，但在电话挂断前，男人爆发出一阵刮喉咙般的痛苦咳嗽声，直到搁下话筒后，依然在赤松耳边萦绕。

临近黄昏时，赤松陪叶子去见了村田美津。可这一趟也是徒劳。美津乍见叶子时，还很亲切地招呼她，后来发现叶子绷着脸，她的态度也冷淡起来。

"可是阿叶啊，我不能跟警察说谎呀。是你自己记错了吧！台风那晚，你老公确实很危险，可好歹还是把命保住了。我不是说过，幸好没在这样的晚上死去吗？"

美津翕动着干涸的嘴唇，脸上的皱纹挤作一团。叶子还不死心，拼命向她追问，美津不高兴地闭口不语，最后说：

"我又不晓得你老公是被谋杀的。"

叶子只能沉默作罢了。

两人没有叫车，沿着美军基地的铁栅栏走了一会儿。十五年过去，这一带也已焕然一新，虽然不如新宿繁华，也是大厦林立，装点出新时代的风貌。许是快要下雨了，黄昏的天空比平时更暗沉，低低地与长长的跑道相接。跑道尽头的地平线上，闪着最后的微弱白光，搅碎了周遭的云彩。一架战斗机不知要飞往何处，正朝着最后的光前进。

叶子突然停下脚步说，只有这个基地没有变。

"经过了十五年，一切都变了……包括人的记忆。"

"不，村田美津和水野辰夫也许是被樱井收买了。倘若你的记忆没错，他们不是记错了，就是故意撒谎。"

"收买——不错，樱井干得出这种事。他想向我们复仇。"

"复仇？"

"吉野昨天跟你撒了谎。其实樱井很恨我们。当年他被警署开除，表面上是因为对普通市民动粗，实际上跟他吵架的是黑帮的小混混。樱井一直认定是吉野在背后捣鬼，让黑帮成员故意寻衅闹事。"

"这是事实吗？"

"吉野对我也一口否认，不过他做得出来。那时的吉野根本就是个流氓，他害怕刑警到处调查我们的犯罪……至少樱井深信自己是因为吉野被署里开除的。"

叶子的侧脸仰望着天空，迷茫的眼神似乎在寻觅什么，然后说出一句意想不到的话。

"先生，我的身上有着锁链的痕迹。樱井要求的不只是金钱，他做过特高警察，尝过捆绑、殴打犯罪者的滋味，他也那样要求我。十五年来，我一直被迫用身体偿还杀夫之罪。我的身体最清楚樱井的可怕。那个男人要把我们赶尽杀绝，夺走我们的一切。"

叶子嘴唇苍白，语调却出奇地平静。见赤松惊异地注视自己，她用右手遮住和服后领露出的肌肤，迈步向前。

"吉野先生知道这件事吗？"

"知道，但是假装不知道——吉野就是这种男人。"

听叶子的口气，对自己的鄙薄更甚于吉野。赤松想起刑警出示的宫原定夫的户籍誊本。除了死亡日期外，还有一件令赤松讶异的事。户籍誊本上叶子的名字赫然在目，她在户籍上依然是死去的宫原的妻子。十五年过后的今天，她和吉野仍旧只是姘居关系。望着走在前头的叶子行将消失在夕照中的背影，赤松不禁想起歌江对她的评语："可怜的女人。"

回到公寓后，吉野表示刑警刚刚又来了，不过他们还没找到田口医生的去向。如果户籍上的死亡日期属实，那么时效只剩下明天一天。单凭村田美津和水野辰夫的证言，警方就完全有可能实施逮捕。更何况从药瓶上检出了吉野夫妇的指纹，当事人也已供认不讳。

正在商量善后对策时，叶子的视线不经意地落在赤松摊开的记事本上，蓦地脸色一变，就在她嘴唇微张，似乎忍不住想问什么时，正好与赤松四目相对，逃避似的起身去了厨房。赤松拿过记事本来看，摊开的那页只写了"九月末"三个字。他不明白叶子为何会如此吃惊，但一时也无暇细想，因为他的心头另有一种不安。

下午接到樱井的电话时，吉野脱口说出田口医生这名证人的存在。如果樱井是为了向吉野复仇而策划了这次的事，他既然收买了村田美津和水野辰夫，当然也不会漏掉这位医生。说不定他早已做好手脚，若是因今天的电话得知有这样一个证人，也很可能立刻设法对田口医生下手——赤松就是为此感到不安。

田口医生的记忆,是眼下唯一的希望。

当晚九点多下起了雨。神奈川县川崎市的工厂街也笼罩在散发着初秋气息的蒙蒙细雨中,远离白日的喧嚣,死一般寂静。工厂街后面是一排看似机关宿舍的屋宇,当静悄悄的雨声突然变得激烈,像要连暗夜一并敲碎时,一个男人站在其中一间屋舍前,全身淋得像落汤鸡,脖子上的绷带濡湿成了灰色,紧紧贴住喉咙。或许是受寒的缘故,男人的左手一直掩着嘴角,极力压抑咳嗽声。确定了简陋名牌上的名字是"田口太造"后,他伸手揿下门铃。

不久,玻璃门上映出人影,一个五十多岁的男人从里面出现了。

门外手遮住半张脸、只露出眼睛的男人问道:

"你是田口医生吧?我是刚才打电话过来的警察。关于十五年前的那起事件,想向你请教一些问题——"

不待田口回答,男人已经闯进屋里,反手锁上门。这期间,男人的眼睛片刻也没离开过田口的脸。他的动作十分敏捷,紧盯着田口的眼睛却很冷静。

看到男人从湿透的外套口袋取出的东西,田口终于发现对方的意图。他想要呼救,但还没来得及出声,男人已经扑了过来。

急骤的雨声淹没了男人行动的声响，屋里静谧得仿佛什么都没发生。

四

第二天下午，T警署才找到田口医生的下落。据收音机播报的新闻称，前一夜在川崎市发生一起抢劫杀人事件，被害者是位医生，名叫田口。经向辖区警署查询，得悉被杀的田口以前在美军基地附近开过医院。

田口十年前因为手术失误名声扫地，关闭医院后，来到川崎市一家工厂的医疗所工作。六年前妻子过世，现在一个人生活。

田口被钝器殴打后脑勺而死，现场一片狼藉。由于手提保险箱被撬开，财物掠夺一空，警察遂从抢劫杀人方向着手调查。

T警署的刑警前往川崎市命案现场的途中，顺道去了吉野的公寓，告知他这件事。当时赤松也在场。吉野惊愕地回头看着赤松，赤松知道，他们心里想的是同一个问题。

赤松问刑警，那起案子有没有出现疑似樱井的人物？刑警答说要去看过现场才知道，随即急匆匆地走了。

吉野伤透了脑筋。赤松的不安果然应验了。案子看似抢劫杀人，但也很可能是樱井行凶。毕竟吉野和樱井通话当天田口就遇害，很难说是纯粹的巧合。

如果是樱井杀的人，当然是因为田口知道吉野夫妇的犯罪是在十四日。如此一来，樱井反而证明了时效是十四日。然而必须有樱井杀死田口的证据，这个判断才能成立。既然无凭无据，以结果来说，就是吉野夫妇失去了最重要的证人。警察无视这次的事件，将两人逮捕归案不过是时间问题。

这时，叶子也开始怀疑自己的记忆。

"我不知道——到底是不是台风那晚发生的？"

叶子猛力摇着头，用发狂般的黯淡声音喃喃着：

"那晚的事也许是个梦，是后来自己凭空想象出来的……我不知道。"

从她那因睡眠不足而布满血丝的眼睛里，流下了干涩的泪水。

两人已被逼到绝境。然而几个小时后，由樱井的魔掌导演的这出复仇剧，突然再简单不过地解决了。

九月十八日，晚上十一时。

假如户籍上的死亡日期正确无误，吉野和叶子渴望度过的十五年岁月，还有一个小时才告结束。

敲门声响起，出现两名刑警。吉野以为是来逮捕自己的，有一瞬间抖着嘴唇，似乎想对赤松说什么。然而刑警却声音低沉地说出一件意外的事。

从田口医生的被害现场找到一份过去的诊疗记录，上面清楚记载着宫原定夫死于九月十四日，亦即凯瑟琳台风之夜。

吉野夫妇意外地面面相觑，脸上一片茫然，似乎还不敢相信事态会突然峰回路转。

赤松松了一口气，心头却浮起一个疑问。樱井把现场翻得凌乱不堪，目的不只是为了伪装成抢劫杀人，也是为了调查有没有留下类似的记录吧！他怎会没有发现那份诊疗记录的存在呢？

一问刑警才知道，那份诊疗记录放在箱笼里，箱笼又塞在壁橱的棉被后面，连警察一时都没发现，樱井显然是疏忽了。

过了好一会儿，吉野才发出安心的叹息，然后突然想起似的回头望向墙上的挂钟。刚好还差数秒就到零时。赤松知道这三天来，吉野夫妇一定无时无刻不在为秒针的嘀嗒声烦恼。

仿佛道出吉野夫妇和赤松当时的心境一般，秒针以扫兴而冷淡的声音，宣告已经毫无意义的九月十八日的终结。

五

一个月过去了。

赤松为下个月就要庭审的新案子忙得不可开交。这天正在起草庭审的辩护词时，被告的妻子打了个重要的电话来。谈了约半个小时后，赤松回来继续起草，看到草稿的最后出现一个"十"字，不禁皱起眉头。他想不起自己为何写了个"十"字。

想了半天，赤松终于记起自己要写的不是"十"字，而是"去年"。"去"字刚写了个"十"时，电话响了。

最近记忆力突然减退不少，真不想就这么老去啊！赤松感叹着，重新提笔把"去年"写完。就在这时，他心中倏地一动，搁下了笔。"去"字是由"十"、连写的"二"加上"、"组成的。

赤松想起上个月中旬发生的事。自那以后他没再见过吉野夫妇，风闻 T 警署也认为川崎抢劫杀人事件的凶手可能是樱井，正在追查他的行踪，不过还没听到樱井被捕的消息。T 警署因为此案牵涉到自己署里的前刑警，因此态度相当慎重，至今尚未对外公布，但若已经逮捕了樱井，不可能传不到赤松耳中。他还听说，其后村田美津和水野辰夫推翻证词，表示可能自己记忆有误。

然而此时浮现在赤松脑海的，是年轻女招待歌江。这个偷看了樱井的恐吓信，勒索吉野夫妇的少女。

关于恐吓信的内容，歌江如此描述过：

"我也觉得有点奇怪，不像是十二。对了，应该是十五。"

"去"字如果上下分开来写，看起来就很像"十二"。把"、"

写长一点，也像是少了底部一横的"十五"[1]。据说恐吓信的字很潦草，所以完全有可能会读错。

赤松离开办公桌，双臂抱胸望向窗外。两边全是大厦，从窗口可以看到的天空逐年缩小。已经亮起的霓虹灯，给那片细长的天空染上朦胧的光晕，看来宛如星星点点的晚霞。秋意已深，晚霞的色调看起来很清冷。赤松站了一会儿，决定再去大久保的公寓找歌江。

歌江正好在家。她没看出赤松在纸上写的是上下分开的"去"字，答说：

"对，就是这样的字。说是十二有点怪吧？"

"那'年'字的后面，你确定是个'前'字吗？"

"是的，用假名写得很清楚。"

不管是假名还是汉字，"去年前"都是说不通的。

"你是今年春天第一次看到那封恐吓信的吧？"

"没错。不过我问过在那儿做了很久的酒保，他说那样的信从多年前就不断寄来了。"

这一点赤松也有想不通的地方，他向惊讶的歌江道过谢后离开。临出门前，歌江问了一句：

1　日语书信常竖着书写，因此会有这样的效果。

"对了，听说老板又跟龙子旧情复燃，跟妈妈桑关系紧张，当真？"

当时赤松并不觉得这件事有什么重要，只是随口敷衍了事。他更在意的是，恐吓信上写的果然既不是"十二年"，也不是"十五年"，而是"去年"。后面的"前"字难以理解，但若是无视这个字，恐吓信的内容就变成"如果不想让警方知道去年的杀人事件"——也就是说，吉野夫妇是在去年，亦即仅仅一年前杀了人。

如果恐吓信从很多年前就已寄来，今年春天的恐吓信上就不应该有"去年"的字眼。不过赤松先不考虑这点矛盾，继续展开思考。

吉野夫妇去年杀了人。樱井掌握了这一事实，威胁吉野夫妇，而歌江偶然看到了那封恐吓信。吉野夫妇害怕歌江知道那是去年的杀人事件。他们和樱井关系特殊，歌江却是局外人。后来歌江也开始勒索，但她的勒索和樱井的勒索意义截然不同。局外人的歌江是个危险的证人，不晓得什么时候就会把秘密泄露出去。幸运的是，歌江把恐吓信上的"去年"看成了"十二年前"，以为那是十二年前发生的事件。十二年前，吉野夫妇周围什么事件也没发生，只是十五年前，他们身边有人死了。于是他们想出了一个偷梁换柱之计，用十五年前的死亡事件替换去年的杀人事件。

去年的杀人事件，时效还有十四年，对两人来说，漫长得恍若遥不可及。但若是十五年前的事件，时效已近在眼前。把还要忍耐的十四年，替换成已经忍耐的十四年——换言之，把杀人事件十五年时效中的十四年变成过去，去年的杀人事件就只有一年时效了。

这种情形下，十五年前的事件无须是谋杀，只消将身边发生的死亡事件伪装成谋杀即可。但这样一来，那瓶毒药，还有吉野夫妇十五年来持续收到的樱井的恐吓信就变得毫无意义。看来他们在十五年前也杀过人。吉野夫妇大概想将十五年前的杀人事件和去年的杀人事件合二为一，在今年九月中旬一举带过时效——这么一想，就可以解释为什么只有歌江今年春天看到的恐吓信上写着"去年"了。

十五年来樱井不断以杀夫事件勒索吉野夫妇，就在他为时效临近伤脑筋时，吉野夫妇再次杀了人。掌握了确凿证据后，樱井放弃时效即将成立的十五年前的事件，开始以去年才发生的杀人事件恐吓两人。

然而这又遇到新的矛盾。如果樱井知道去年的杀人事件，为何上月底还会利用十五年前事件时效上的四天出入，向吉野夫妇复仇？倘若他知道去年的命案，只要向警察告密，吉野夫妇不就会轻而易举地被捕吗？

想到这里，赤松心头突然浮起一个疑问。

樱井这个男人真的存在吗？

过去确实存在过，可是现在真的还在吗？真的还活着吗？自己和 T 警署的刑警都听过他的声音，可是谁也没有见过他。歌江今年夏天在店里见过很像樱井的男人，但也不能保证那就是真的樱井。樱井会不会已经死了呢？去年吉野夫妇所杀的，会不会就是樱井？

赤松自己也被这个突然冒出的念头吓了一跳。如果吉野夫妇去年杀了人，被害者的确以持续恐吓了两人十四年的樱井最为自然。可是这样一来，事情越发扑朔迷离。

看似找到了推理的线索，却又越想越觉得纷乱复杂。

如坠五里雾中的赤松前往新宿的酒廊，想和叶子见上一面。可是叶子没来店里，吉野也不在。打电话到他们家，同样无人接听。当晚赤松只好放弃回去。第二天下午，叶子主动打电话到他的事务所。她说听店里的人说，赤松昨晚来访过。

"我也想见见先生。"叶子说，最后约定在新宿车站附近的咖啡馆见面。

一个月不见的叶子，身穿艳丽的绫子和服，脸色却比以前暗淡，黑眼圈很明显。赤松一边打量着她，一边寒暄了几句。

叶子似乎不敢正视似的垂下头去，旋又抬起脸，问道：

"在先生眼里，我是个怎样的女人？——是一个为了自己的幸福，不惜杀掉碍事丈夫的可怕女人吗？"

"歌江说你是个可怜的女人。"

叶子吃了一惊。

"是吗，那么年轻的女孩子也这样看我啊。我也想过像她那样豁达地活下去，可是战后我失去了一切。从那时到今天，我只有吉野而已。"

叶了说着，垂眼望着自己纤细的手指。初次见面那晚，她就是用这双手下意识地遮住了赤松的视线。

叶子突然将手伸向赤松。她的无名指上戴着戒指，大概是绿松石，蓝得很澄净。

"结婚戒指吗？"

"嗯，丈夫死后第一年买的。不过等于是我自己出的钱。你应该知道吧，吉野一直不做事。"

叶子眯起眼睛，惘然地凝视着宝石的蓝光。

"这个颜色，就是那时天空的颜色。"

"——？"

"宫原最后挣扎的时候，我正望着天空。漆黑如墨的天空一角，出现一片小小的蓝天，看上去就像谁的眼睛。不知为何，我想记住那片天空的颜色，所以买了这枚戒指。——先生，上个月我说我什么都不记得了，不确定是不是在台风那天杀死丈夫。其实那时我清楚地知道，丈夫绝对是死在台风那天。因为那片天空的颜色，我想忘都忘不了。"

"那么，你撒了谎？"

赤松惊异地问。叶子有些落寞地微笑，道歉似的微微低下头去。

"上个月的事是我和吉野在演戏。不过现在我不想多说。我答应你，过几天会说出一切。今天还望先生谅解。"

六

吉野夫妇去年果然杀了人，被杀的应该就是十四年来不断恐吓他们的樱井。赤松思索着。

这么一来，今年春天再次收到恐吓信就变得无法理解。但是假设除了樱井之外，还有一个人十余年来恐吓吉野夫妇的话就可以解释了。换言之，利用十五年前宫原定夫命案恐吓他们的不单是樱井。这十几年来，有两个人在分别恐吓吉野夫妇。

樱井之所以被杀，想必是因为随着时效临近，樱井表现出了前所未有的强硬态度。吉野夫妇隐秘地处理了尸体，也瞒过了警察的耳目，却被另一名恐吓者通过某种办法知悉，转而以此为把柄进行恐吓。那封恐吓信又被歌江看到，于是吉野夫妇策划了上个月底那出大胆的时效戏。

今天下午叶子也承认，上个月中旬发生的事，全是两人的巧妙演出。叶子一直确切地记得，丈夫死于凯瑟琳台风之夜。

　　另一名恐吓者的身份，赤松也不难想象。那个人必然与吉野夫妇素无渊源，同时又很清楚叶子丈夫之死，对这起外人看来是病故的死亡事件起了疑心，并且掌握了足以恐吓吉野夫妇十余年的确凿证据。赤松想到了水野辰夫，但水野应该和村田美津一样，只是被吉野夫妇收买，配合他们演出那幕时效戏而已。

　　时效戏的目的有三。其一是将去年的杀人事件替换成十五年前的杀人事件，以防止歌江发现恐吓信上写的是"去年"；其二是让别人以为樱井还活着；其三是杀死另一名恐吓者。

　　另一名恐吓者是——田口医生。

　　对吉野夫妇来说，知道两起杀人事件的田口，是一个危险的不利证人。要杀死这个不利证人同时逃出法网的最好办法，莫过于将他设计成有利的证人。这就是吉野夫妇的真正目标。他们利用宫原户籍上的死亡日期偶然和实际相差四天这一点，将自己陷于即将被逮捕的进退两难的困境，让田口医生证明他们的犯罪时效已经成立，从而将他变成最后的，也是唯一的有利证人。

　　他们大概以前就知道诊疗记录的存在了。只要有诊疗记录，两人便可保无虞。尽管如此，这仍然是一场豪赌。不过这种将两起命案一次带过时效的大胆策略，倒也符合吉野看似怯懦，实则投机冒险的性格。整日无所事事的吉野，必定将计划的每一个细节都反复斟酌过无数遍。

赤松认为自己的推测应该没错。虽然眼下还无法证明，但他相信叶子在咖啡馆里的承诺，他要等叶子在不久后亲口坦白一切。

可是赤松忽略了重要的事。

沉浸在自己想象中的赤松，忘记了咖啡馆里叶子黯然的神情，还有歌江说的吉野夫妇关系紧张这句话。

吉野的血濡湿双手时，叶子又听到了风声。

秋风一次次从熄了灯的黑暗房间上空呼啸而过，不知消失去了何方。把吉野搬到最里面的房间时，尸体轻得出乎叶子意料，让她到现在还在震惊。那真的是十五年前像推土机般踏过焦土的男人吗？夺走吉野的全部风采，把他变成这样一副瘦弱尸骸的，究竟是什么？是杀死自己丈夫的记忆，身为犯罪者的内疚吸干了他的血，还是自己"不要抛弃我"的卑微乞求，长年累月的纠缠啃噬了他的肉？抑或，只是因为十五年岁月的流逝？经过漫长的十五年，每一个人，一切的一切，都彻底毁灭了。

"一切都很顺利，我们就此分手吧！"

当吉野回头说出这句话时，自己为何突然抓起一把刀，叶子也不明白。不知道多少遍了，吉野用同样的声音向她抛出同样的话：

"我们就此分手吧！"也许是因为感觉到这次和以往不同，吉野对龙子是动了真情，又或是吉野看到叶子泫然欲泣时的轻蔑表情，让她突然觉得一去不复返的十五年岁月毫无意义——回过神时，吉野正从叶子身上滑落。吉野大概也很困惑，忍耐了十五年的叶子为何突然提刀刺他？他像听了个恶劣玩笑似的想笑，但还没笑出来就倒在了地上。

肩头残留着尸体轻若无物的触感，叶子静听着风声。风声一如十五年前，化为丈夫最后的呜咽嘶吼，凄厉地掠过叶子空荡荡的身体。将一切烧成灰烬的煤烟，把风也染成了黑色。

涂满血和黑暗的手上，有东西在闪光。是那时的小小蓝天。

"这就够了，真的够了。"

叶子对着结婚戒指的亮光，对着那片小小的蓝天——十五年来始终无法逃避的眼神，无意识地不住低语着。

七

两天后的晚上，赤松正准备离开事务所时，电话铃声响起。是叶子打来的。她的声音听来分外遥远，黑暗的东西沉淀在话筒深处。

叶子说，她现在在很远的地方，打完这通电话，请赤松去吉野的公寓，找管理员拿钥匙开门。里面有吉野的尸体。吉野为了女招待龙子要抛弃自己，所以杀了他——

"不过我不会逃，也不会自杀。我只希望在自首前有三天的自由。回到东京后，我会把自己交给先生处置。"

在电话里，叶子委托赤松届时为她辩护。

她说公寓的书架上有一本黄色书脊的书，里边夹了一封给先生的信，写出了全部真相。在通知警方前，希望他先读一读那封信。说完叶子就要收线，赤松急忙请她稍等，简短说出自己的推理。

叶子默然半晌，终于省悟已缄默了太久似的，答道：

"先生说得没错。我让辰夫——水野辰夫假扮樱井，骗过了刑警和先生。八月歌江看到的疑似樱井的男人也是辰夫。其实早在很久以前，我们的计划已在进行。去年年底我们把樱井叫到夜深无人的店里杀害了他。我不知道樱井的尸体是怎么处理的，吉野没告诉我他开车运去了什么地方。不过他的裤脚有泥土的痕迹，我想是埋在了某处深山里。他说不用担心，绝对找不到的。"

"杀害田口医生的也是吉野吧？"

"是的。是吉野和我杀的。直接下手的是吉野，我们是共犯。不过，我和吉野的杀人理由截然不同。吉野杀死樱井和田口，正如先生所推测的，是为了杀死十五年前宫原命案的证人。可是我协助他杀人，却出于完全不同的理由。"

赤松没作声，等她说下去。

"对我来说，那两个人是麻烦人物。他们是知道我弱点的证人。"

"你是说，他们知道你十五年前杀害宫原的事？"

有些混乱的赤松反问道。

"不是。若是那样，我和吉野的理由就一样了。那两个人与吉野所想的正好相反，是证明什么也没发生过的证人。他们知道，十五年前没有发生任何杀人事件。——先生，十五年前，我并没有杀死丈夫。"

"可是——"赤松不由得握紧话筒，"可是那些恐吓信怎么解释？你们十五年来不断收到恐吓信，这是事实吧？"

"说到这个份上，先生还不明白那些恐吓信是谁寄的吗？"

叶子仿佛没听到赤松激动的声音，平静地继续说道：

"不知先生注意到没有，上个月我看到先生的记事本时，吃了一惊。记事本上不是写着'九月末'三个字吗？在那以前，我一直以为'末'字后面要接假名'え'。想不到一字之差，造成致命的错误。"

赤松禁不住发出不知该说是叹息还是惊呼的声音。这个时候他终于明白，为什么恐吓信上的"去年"下面会有平假名写的"前"字。其实那不是"まえ"（前），而是"末え"。"末"字一旦写得潦草，就变成平假名"ま"。

真正的恐吓者是宫原叶子。在她寄给自己的恐吓信上，原本写的是"去年年末的杀人事件"。

八

十五年前的九月十四日——那个台风之日的傍晚，丈夫突然开始痛苦时，我不知道该怎么办。本来我应该满心欢喜，因为前些日子吉野给了我杀死丈夫的毒药，可是事到临头，我总是下不了决心，动手的日子一天天拖了下来。而现在，不用玷污我的手，这个我名义上的丈夫，除了妨碍我的人生百无一用的男人也快死了。然而那时我却像做了无可挽回的错事一样，感到的是类似懊悔的情绪。我为什么不早点亲手杀死丈夫？听着丈夫痛苦的呻吟，我在心里后悔：如果死亡是这么简单的事，为什么不早点下决心动手？

田口医生说过，下次病情一旦发作，很快就会死去。丈夫却仿佛在抗拒察觉到的杀意似的，拼命痛苦挣扎。可是杀意归杀意，最后我没有玷污自己的手，丈夫就死了。

我不想玷污自己的手，但我想玷污吉野的手。我要让吉野成为犯罪者，再以共犯的羁绊，与我紧紧联系不分离。

　　那个时候，吉野是我的一切。如果我告诉他"没有用到药"，吉野一定很欢喜。同时我也知道，放下心来的吉野，必然不把我们之间的关系当回事，要不了多久就会对我厌倦，投入别的女人的怀抱。那时的吉野有泥土的气息，粗犷魁梧，好几个女人迷恋着他。与我有了密切关系之后，依然没少跟其他女人逢场作戏。我不能忍受成为那些女人中的一个，被他像丢纸屑般抛弃掉。我要一种坚实的联系，哪怕是犯罪也在所不惜。不，如果是犯罪的话，吉野就别无选择，只能握紧我的手了。

　　吉野把药交给我时，我确实很害怕，可是恐惧的底层却是安心感。我知道，这样吉野就属于我了。不管他多想离开我，只要他有罪，他就必然会回到我身边。这本来只是叹息般的微小感情，却在丈夫病死后具有了非同寻常的意义，在我心里迅速膨胀开来。田口医生理所当然地做出病死的判断时，我唯一的不安就是会失去吉野。这样一来吉野就自由了，随时可以抛弃我——

　　我对吉野有如此执着的感情，相信不仅先生，任何人都无法理解。停战那年的大空袭后，我成了一个孤零零的女人，站在无边无际的焦土上，四周被黑烟包围，连自己的影子也看不到。战后不久，我开始卖春生涯。我不是被生计所迫，而是渴望拥抱别人的身体，无论是谁都好。鲜红的口红改变了我的脸，第一次站在天桥下的那晚，我低着头不敢看来往的男人一眼。在我心里只有一个祈求：第一个搭讪我的男人身上不要有战争的伤痕。对被孤独地抛在怒海中的我来说，吉野是唯一的也是最后的救命稻草。为了抓住这唯一的救赎，我什么都愿意做。

我决定对吉野撒谎说杀了丈夫，然后亲手写了一张暗示发生犯罪的明信片寄给樱井。我与樱井素不相识，只是从跟刑警很熟的朋友那里探得几个刑警的名字，随便选择了他。单凭那张明信片的内容，不会有被逮捕的风险，事实上也并没有发生犯罪，我只需要刑警稍微调查一下就行了。不过，就算吉野和我被逮捕，我也心甘情愿。我只担心被人发现寄出明信片的人是我，所以故意把吉野的"吉"字写错。尽管如此，我还是很心虚。寄明信片虚假告密这件事，比杀死丈夫更令我有负罪感。

得知刑警在查访后，吉野流露出比我想象中更胆怯的眼神，并且前所未有地向我疯狂求欢。被他碾成碎片般地用力拥抱时，我觉得这就够了。这就够了，从此吉野就是我的了，只要让他畏惧……

我知道自己在做傻事。杀了人谎称没杀的犯罪者多的是，而我没杀人却谎称杀了人。可是那个谎言，是我和吉野之间唯一的羁绊。

当时的我做梦也没想到，那个小小的谎言，把我今后十五年的人生变得一团糟。

只过了两个月，我就为那个小小的谎言付出了代价。那年临近除夕的晚上，樱井出现在我们刚开张不久的酒廊，从口袋里拿出那瓶毒药。我眼前一黑。樱井拿出的药瓶当然是没有开封的。对我们起了疑心的樱井，不明白为什么药瓶没有用过，他来找我就是想知道理由。

我害怕了。吉野用卑鄙手段导致樱井被警署开除后，彻底放下心来，不过三个月就搭上一个少女，跟我摊牌说："这家店给你，我们分手吧！"假如被他知道真相，更会弃我如敝屣。从初见那一瞬间，我就知道樱井是个危险的证人。

我把真相告诉了樱井，以用我的身体满足他的异常性癖为条件，请他扮演恐吓者的角色。樱井不是坏人，他不知道自己被警署开除是吉野做的手脚，对我十分同情，答应了我的请求。不过最重要的，还是他想在我身上实现战争中尝到的反常快乐吧。而且只要不时到店里露个面就有钱到手，对正面临失业苦恼的樱井来说，也正中下怀。

恐吓信是我写的。第一封恐吓信的效果超乎想象，吉野马上和少女分手，回到我身边。尝到甜头的我，其后不断寄出恐吓信。吉野多次另结新欢想离开我，这时我就寄出恐吓信。吉野虽然莽撞冲动，有时会干出大胆的事来，骨子里却很怯懦，只能乖乖回到我身边。就这样，樱井、吉野和我三人之间持续了十四年的异常关系。

这种危机四伏的关系，表面上却一直平静无事。至今我都难以置信，竟然过了十四年的岁月才第一次面临破裂。

第十四年——亦即去年年底，当我从酒保口中得知吉野勾搭上女招待龙子，打算把我赶走，把店交给她时，我觉得这次他是动真格的了。为了留住吉野，我不惜拿起菜刀，威胁他如果抛弃我，我就把杀夫的事全部告诉警察，樱井手里也握有药瓶作为证据。吉野却不屑一顾，他说我也是共犯，不可能做出这种事。事实上，我确实做不出来，因为十五年前并没有发生杀人事件。

时效将近，每月定时寄来的恐吓信也不再像以前那样让吉野畏惧。于是我假装樱井也要在时效到来前最后一搏，在恐吓信上索要一笔从未有过的巨款。这回的恐吓信也奏效了，吉野不再去找龙子，黯然沉默。

也许是我要求的金额太大了，吉野担心樱井今后欲壑难填，不久就说出我意想不到的话："不如索性干掉他！"这时的吉野已瘦弱得像个老人，再无当年的风采，然而说这句话时的眼神，却和十五年前在工厂后面给我药瓶时一模一样。

虽然很意外，可我内心深处却在期待他这个提议，于是默默点头。毕竟樱井是个危险的证人，他对吉野其实毫无意义，但对我而言，却是个掌握了充分的秘密，足以切断我和吉野之间羁绊的男人。况且那时我和樱井的关系也已触礁。樱井有了钱，开始厌倦恐吓者的角色，对我的身体也不再像以前那样感兴趣，打算跟我了结关系。

但我之所以答应吉野，主要还是想让吉野的手真正被犯罪玷污。十四年来我一直苦恼的，就是吉野不是真正的犯罪者，我和吉野之间的羁绊，全靠一个谎言在支撑。这次我要让他真的杀人，将他牢牢束缚在真实的网罗中。事实上，吉野把樱井的尸体秘密埋葬后，黎明时分回到公寓，像野兽般地侵犯我。当时他的力气、体味和热度，我至今都无法忘怀。听着窗外掠过的风声，我也在心里喃喃自语："这就够了。"

杀害樱井后，为何要再寄出恐吓信，我自己也不明白。或许尝过一次恐吓信的滋味后（那也是吉野身体的味道，每次收到恐吓信时，他会比平常更强烈地索求我），一个又一个的谎言，把我变成一个必须依靠谎言才能生存的愚昧者；又或许时效将近，我怕樱井被杀的事一直无人发觉，失去缚住吉野的网罗。总之，我决定再次寄出恐吓信。

为了让吉野相信一直以来恐吓的不只是樱井，还有另一个同伙，我假称有陌生男人打电话过来，想知道樱井的消息。我让吉野以为那男人后来还多次打来电话，并且一次又一次撒谎，告诉他从声音听可能是田口医生，而且樱井和田口至今时有往来。其实新的恐吓者不拘是谁都可以，我之所以选择田口医生，是因为他知道十五年前的犯罪也不足为奇，和樱井有接触也不会不自然，而他后来关了医院僻居川崎一隅，形迹也很可疑。

胆小的吉野不会直接去找田口，于是我表示想亲自调查一番，然后出门而去。实际上，我也确实和田口见了面，但我什么都没说，只是和他闲话家常。这次谈话唯一的收获，就是得知田口还保留着当年的诊疗记录，而且清楚地记得我丈夫是死于台风之夜。

不知是否因为杀死樱井的记忆还鲜明地印在脑海中，回到公寓后，吉野对我的谎言深信不疑。就这样，直到今年三月收到田口的恐吓信为止，他再也没提过龙子，仿佛只有我一个女人，只索求着我。

假如这样继续下去，也许我会又一次不断寄出恐吓信，度过另一个同样的十五年。可是田口的恐吓信偶然被歌江偷看到，连她也开始勒索。被逼到进退维谷的吉野，想到利用歌江看错字的机会，演出那场置之死地而后生的戏码，把十五年前的命案和去年的命案同时带过时效。而我这次也默默点头答应，是因为这出戏的目的之一就是杀死田口。无论如何，田口都是个碍眼的存在，他和樱井一样是可怕的证人，知道吉野十五年前并没有杀死宫原，宫原纯粹是病死而已。

十五年前的小小谎言，把我逼到走投无路的地步，在一个又一个谎言中，我完全迷失了自我。我忘了自己已犯下远比吉野可怕的罪，怀着满足的感觉，默默注视着一个男人沉迷在自己想出的计划中，一次次犯罪，被我设下的绳索牢牢绑缚，逐渐坠入自我毁灭的地狱。

就这样，我和吉野既是同谋，又各怀目的商量计划的细节。等到九月十五日——十五年前虚构犯罪的时效来临时，吉野第一次拜访先生。

十五年。好长好长的犯罪者岁月。那是一个因为没有犯罪，结果犯下更大罪恶的愚昧女人，十五年来所度过的岁月。

犯罪有时效，没有犯罪的我，所犯的罪却没有时效。只有时光在永无止境地流逝。而我厌倦了这无止境的岁月，所以杀了吉野。

我没有后悔。若说后悔，我只后悔丈夫死后三个月，吉野搭上那个少女时，为何不当时就把他杀掉。那样我就不用杀死樱井和田口这两个无辜的男人了。十五年前，当吉野把药交给我，叫我趁他外出期间一个人动手时，我就应该察觉到他是个卑鄙小人。

不，那时我已经察觉了。尽管如此，他依然是我唯一的依靠。如今躺在我身边的这个男人，再没有半分昔日的风采。十五年的岁月，也夺走了这个男人的一切。也许，他才是我所犯的罪的真正的受害人。望着他透着胆怯的尖细下巴、深陷的眼睛和懦弱的薄唇，我仍然觉得，他就是我的全部。我的身上有锁链的痕迹，那是我和樱井发生可耻关系时留在肌肤上的烙印。可是真正用铁链锁住我身体的，乃是一个名叫吉野正次郎的男人。

先生——

如今的我，在等待法律的裁判。可是在真正意义上有权裁判我的，并不是法律。

是那时的小小天空。

十五年前，那片见证我并没有犯罪的天空。

那片清澄的晴空，十五年来一直注视着我的谎言。

初见先生那晚，我在先生眼里望见那片天空的颜色。

我之所以希望先生读到这封写出真相的信，大概也是这个缘故。

在喧嚣的世界里,

坚持以匠人心态认认真真打磨每一本书,

坚持为读者提供

有用、有趣、有品位、有价值的阅读。

愿我们在阅读中相知相遇,在阅读中成长蜕变!

好读,只为优质阅读。

宵待草夜情

策划出品:好读文化   监　　制:姚常伟

责任编辑:龚　将   产品经理:姜晴川

营销编辑:陈可心   装帧设计:陈绮清

内文排版:鸣阅空间

图书在版编目（CIP）数据

宵待草夜情 /（日）连城三纪彦著；李盈春译. —
北京：北京联合出版公司，2023.8（2024.9重印）
ISBN 978-7-5596-6980-3

Ⅰ. ①宵… Ⅱ. ①连…②李… Ⅲ. ①短篇小说—小
说集—日本—现代 Ⅳ. ①I313.45

中国国家版本馆CIP数据核字（2023）第104642号

"YOIMACHIGUSA YOJYO" by MIKIHIKO RENJYO
Copyright © 2015 Mikihiko Renjyo
All Rights Reserved.
Original Japanese edition published by Kadokawa Haruki Corporation
This Simplified Chinese Language Edition is published by arrangement
with Kadokawa Haruki Corporation through East West Culture & Media
Co., Ltd., Tokyo

宵待草夜情

作　　者：［日］连城三纪彦
译　　者：李盈春
出 品 人：赵红仕
责任编辑：龚　将

北京联合出版公司出版
（北京市西城区德外大街83号楼9层　100088）
北京联合天畅文化传播公司发行
北京美图印务有限公司印刷　新华书店经销
字数163千字　840毫米×1194毫米　1 / 32　8.75印张
2023年8月第1版　2024年9月第2次印刷
ISBN 978-7-5596-6980-3
定价：52.00元